ダンジョンに出会いを求めるのは
間違っているだろうか

掌編集

2

contents

ダンジョンに出会いを求めるのは間違っているだろうか

掌編集

2

[著]大森藤ノ　[絵]ニリツ

[キャラクター原案]ヤスダスズヒト

presented by Fujino Omori
illustration Niritsu
character draft Suzuhito Yasuda

カバー・口絵イラスト
ニリツ

外伝
1巻
着せ替え剣姫《ドレスアップ・アイズ》
アニメイト購入特典
てぃおにゃん
ゲーマーズ購入特典
合体事故
とらのあな購入特典
ユニコーンを追って
外伝1巻限定版小冊子収録
イラスト：はいむらきよたか

着せ替え剣姫《ドレスアップ・アイズ》

五年前、アイズ十一歳のことである。

「アイズたん、着てる服小さくなってきたみたいやし、こっちの服に替えてみん？」

上級冒険者として頭角を現しつつあった当時のアイズの装備及び服装は、丈夫なレザーパンツに同系統のインナー、更にその上から胸当《むね》てを始めとした防具を纏《まと》うというものだった。

成長するにつれ胸や臀部《でんぶ》の辺りがきつくなっていた装備品の状態を、ロキは目敏《めざと》く見抜き、新しい衣装を片手に勧めてきたのである。

「……この服、薄くない？　革の服の方が、丈夫じゃあ……」

「いやいやいや、アイズたん、コレは特注品やで？　防御力は勿論《もちろん》、よく伸びるし動きやすいときとる！」

ロキの熱弁にも押され、アイズはこれまでより生地《きじ》の薄いその服を受け取ることにした。

実際彼女の言葉通りその服は伸縮性に富んでおり、更に軽く、防具の下に身に着ける戦闘衣《バトル・クロス》としては申し分なかった。

「新製品のスカートもらってきたでー。え、下着が見える？　スパッツを履《は》けば問題なしや！」

以後、ロキは最新の戦闘衣《バトル・クロス》と言い張って、様々な服をアイズに装着させていった。

「高性能のロングブーツや。これは必ず履くこと。――絶対領域だけは絶対に譲れん」

無駄に性能が良く、かつ徐々に露出が多くなっていったロキの戦闘衣《バトル・クロス》を着ていったアイズは。

「あの……これは、ちょっと」

「ダメやぁー！　アイズたんはこれを着るんやーッ！　着てくれなきゃ、うちは舌を噛《か》み千切《ちぎ》る!!」

気付けば、ティオナをして大胆と言わしめるほどの服を着るように陥れられていたのである。

「ぬふふっ、眼福やー。やっぱ冒険者はこれくらい薄着やないとなー」

「……」

そして、現在。ワンピースにもレオタードにも似たアイズの戦闘衣《バトル・クロス》を見て、ロキは顔をだらしなく緩める。もう慣れてしまったとは言え、こうしてまじまじと見つめられると、生地が大きく開いて丸見えの背筋や脇《わき》の部分が熱を帯び、羞恥《しゅうち》に燃えるかのようだ。

頬《ほお》を紅色《べにいろ》に染めるアイズを、ロキは心底楽しそうに眺め続ける。

「フヒヒ、アイズたん。実はもう、次回作の構想があるんや」

「……どんなもの？」

ゲスな笑みを浮かべるロキに、アイズは尋ねた。

「ずばり、バニースーツや！」

後日、しばき倒されたロキがホームの中庭で発見されることになる。

てぃおにゃん

「にゃん♪」

「……」

重苦しい沈黙をフィンは纏わなければならなかった。

目の前には自分の部下であるティオネ。その頭には獣人と見紛《みまが》う猫耳《ネコ》、そして美しく張りのある臀部《でんぶ》からは尻尾《しっぽ》が生えている。どうやら耳と尻尾の飾りがついたヘアバンドとパンツを身に付けているらしい。

フィンがホームの書庫で調べ物をしていた時だった。無言で入室してきたティオネは——既にこの時猫耳《ネコ》と尻尾を装着していた——椅子《いす》に座っているフィンの前につかつかと歩み寄り、片手を上げ「にゃん♪」と、一種の精神攻撃に近い一連の動作を繰り出してきたのだ。

机の上に上って、四つん這《ば》いで。女豹《めひょう》の姿勢《ポーズ》である。

「……何をしているんだ、ティオネ」

「実は、ロキが『猫耳と尻尾をつけて「にゃん♪」と鳴けば男はキュンキュンッすること間違いなしや！』と豪語していたので、うふふっ、団長《だんちょう》にぜひ実践を……」

あの主神なんとかしないと、と胸中《きょうちゅう》で呟《つぶや》くフィンに、一方のティオネは微妙に胸《むね》の谷間を強調しながら熱い視線を送ってくる。フィンは静かに身を引いて間合いを取った。

「団長……今の私、どうですかにゃん？　キュンッ、ってきましたかにゃん？」

ゾクッときた——という言葉をフィンは何とか堪《こら》えた。

しなを作っているが、これは猫の耳を纏《まと》った凶暴な肉食獣だ。下手《へた》に刺激すべきではない、とそう判断する。彼は無言で、かつ無難にティオネの頭を撫《な》でた。

片目を瞑《つむ》り、アマゾネスの少女はくすぐったそうに体をよじる。

「えへへぇ……それじゃあ、団長、はーい。お揃《そろ》いですにゃん？」

すぽっ、と頭に取り付けられるヘアバンド。装着される猫耳。完成する子猫型フィン。

どこから取り出しやがったにゃん。

「だ、だんちょ……すごく可愛《かわい》っ……ダメッ……我慢《がまん》できなっ……食べたぃ……！」

発情している……！

頬《ほお》を上気させうわ言《ごと》を呟く肉食獣に、身の危険を感じたフィンは脱兎《だっと》の勢いでその場から逃げ出した。間髪《かんぱつ》入れず、モンスターより恐ろしい百獣の王が後を追ってくる。

ホーム中を駆け回るその愛くるしい子猫姿の団長に、団員達は男女問わず胸をときめかせ、一層の忠誠を彼に誓うのだった。

合体事故

「あ、あのっ、ティオナさん！　不必要にアイズさんに抱き付き過ぎじゃないでしょうか⁉」

【ロキ・ファミリア】のホーム、その談話室にて。

レフィーヤは、ティオナに向かって吠《ほ》えた。

「え～？　そうかな～？」

「そ、そうですよ！　ことあるごとに、ティオナさんはアイズさんに抱き付いています！」

この場には今、レフィーヤとティオナの二人しかいない。ソファーの上で間延びした声を出すアマゾネスの少女に、エルフの少女は語気を強めてもの申す。

これまでずっと思っていたことだ。ティオナはレフィーヤの前で何度もアイズに抱き付いてはじゃれ付き、とても羨《うらや》ましい――ではなく、少々目にあまるところがある。風紀のためにも彼女に言って聞かせなくては、と本音を隠す建前を築いて、レフィーヤは注意を促《うなが》した。

「親しき仲にも礼儀あり、という言葉もあるくらいなんですから、ティオナさんも……」

「あたしとアイズは『親しい』よりずっと上の仲だから、大丈夫だって～」

天真爛漫《てんしんらんまん》に笑うティオナに、ぐぬぬぬっ、とうなるレフィーヤ。

「そんなに言うんだったら、レフィーヤもアイズに抱き付いちゃえばいいじゃん」

「そ、その理屈はおかしいです⁉」

なんてことのないように告げてきたティオナの言葉に、レフィーヤは仰《の》け反《ぞ》りながらズザザッと後退《あとずさ》った。その顔も、エルフ特有の尖《とが》った耳も赤く染める。

ティオナはそんな彼女の様子もお構いなしに「よっ」と言ってソファーから立ち上がる。

「じゃあ練習しよ、練習。あたしがアイズの代わりになってあげるから、抱き付いてきて！」

「ティ、ティオナさん、なに言って……⁉」

恥ずかしがっていては何もできないとばかりに笑いかけてくるティオナ。レフィーヤは最後まで乗り気ではなかったが「アイズの体ってひんやりして柔らかいよー」という文句に、ごくり、と喉《のど》を鳴らした。

ティオナに抱き付けばこれは間接抱擁《ハグ》ではないか——という浅はかな邪念《じゃねん》が彼女を侵す。長い逡巡《しゅんじゅん》を経《へ》た末、ふらふらと歩み寄ったレフィーヤは、えいやっ、と抱き付いた。

「あ、アイズ」

「⁉」

そしてティオナと合体したその瞬間、アイズが談話室に姿を現す。

驚愕《きょうがく》をあらわにしている彼女に、正面からティオナと抱き合っているレフィーヤは、凍り付いてしまった。

「……ごめんね。あっち、行くから」

「ちょ——ア、アイズさんっ⁉　誤解ですーーーーーーーーーーーっ‼」

ユニコーンを追って

「ふはははははっ！　ロキ、冒険者依頼《クエスト》を持ってきてやったぞぉおおおおおおおお!!」

「なんでこんな偉《えら》そうなんや、コイツ……」

空が青く晴れ渡る、うららかな昼下がりのことだった。

ホームで各々の時間を過ごしていたアイズ達のもとに、来客が訪れる。

背後に銀髪の少女アミッドを従えるのは、彼女の主神、ディアンケヒトだ。

「先日、儂《わし》の【ファミリア】は貴様の団員に随分《ずいぶん》と金を巻き上げられたらしいからな、その腹いせだ！　ふっはははははははっ、まさか断らんよなぁ!?」

「……ティオネ」

正門をくぐった館前の庭園、アミッドが訪れたということで様子を見に来ていたアイズ、ティオナ、レフィーヤは、ロキとともにティオネの顔を見やった。ことの原因である彼女は、「な、なによっ、私は悪くないわっ」とアイズ達の視線から顔を背ける。

「……まぁ冒険者依頼《クエスト》を受ける受けないは別として、話だけは聞こうか。せっかくやしな」

「ふんっ、いいだろう！　アミッド！」

二柱の主神が白いテーブルに座る中、ディアンケヒトの背後からアミッドが歩み出てくる。

「最近、このオラリオ郊外に野生の『ユニコーン』が一頭、姿を現しているそうです」

アイズ達は驚き、頭の後ろで手を組んでいたロキもその細目の片方を見開く。

『ユニコーン』は怪物《モンスター》でありながら『聖獣』とまで呼ばれる、純白の毛並みを持つ一角獣だ。

迷宮では稀少種《レアモンスター》の一匹に数えられ、上級冒険者でさえ全くと言っていいほど遭遇《エンカウント》できない。

必然、ダンジョン内ですら絶対数が少ないユニコーンを地上で拝むことは困難を極める。

「彼の稀少種《かレアモンスター》を巡って一部の冒険者は狩りに繰り出しています。狙いは当然『ユニコーンの角』でしょうが……我々【ディアンケヒト・ファミリア】も、これを入手したいと考えています」

ユニコーンを倒せば入手できるドロップアイテム『ユニコーンの角』は、いかなる毒素も浄化すると言われている。治療《ちりょう》と製薬を司る【ディアンケヒト・ファミリア】としては是《ぜ》が非《ひ》でも確保しておきたい原材料だろう。そうでなくとも、『ユニコーンの角』の価値は凄《すさ》まじく高い。

「そして可能なら、件《くだん》のユニコーンを殺さずに、もとの住処《すみか》へ帰してあげたいのです」

「……一気に面倒臭くなったわね」

最後に続けられたアミッドの言葉に、ティオネはげんなりとした声を出す。迷宮から地上に進出したユニコーンの子孫は霊峰《れいほう》の奥で群れを形成している。地上からの絶滅を避けるためにもアミッドは、派閥の意向とは関係なく、彼の一角獣を守りたいと望んでいるのだ。

「まぁ、面白そうではあるなぁ」

ティオネの言葉通り厄介な冒険者依頼《クエスト》に、アイズ達がそれぞれ顔を見合わせていた中、ロキが他人事のように言う。えっ、と視線が寄せられるのも構わず、アミッドへ質問を投じた。

「冒険者依頼《クエスト》っちゅうからには、報酬《みかえり》として、うちらもおこぼれに与《あずか》れるんやろう？」

「勿論《もちろん》です。『ユニコーンの角』を入手した暁《あかつき》には、きちんと分け前を提供します」

「ふひひっ、オッケーや。その冒険者依頼《クエスト》、受けたる」

「ちょっとっ！」

「ロキぃ〜っ」

貴重な品には目がない好事家《アイテムコレクター》でもあるロキは勝手に承諾《しょうだく》してしまう。ティオネやティオナの顰蹙《ひんしゅく》の声が上がるが、主神の特権とでも言うように取り合わない。

「ふははははっ、決まりだな！」とディアンケヒトが豪快に笑った。

「それで具体的にはどうするんや？　ユニコーンが相手や、生け捕りなんてことはできんやろ」

「はい。ですので、純潔性に惹《ひ》かれるという、ユニコーンの習性を利用します」

「純潔性……ああ、乙女の懐《ふところ》に抱《だ》かれて〜、ちゅうやつか。処女で捕獲隊《パーティ》組むんやな」

「しょ、処女……!?」

古い伝承の一つに、地上に進出したユニコーンの群れはとある森の中で美しい精霊の少女と戯《たわむ》れ、心を通い合わせたという一節がある。以来ユニコーンは清らかな精霊のように汚れのない存在——人類で例えるなら純潔さに満たされた処女に惹かれ、その懐に抱かれて眠りこけるというのだ。伝承の真偽はともかく、その一角獣の習性は実際に確認されている。

レフィーヤが真っ赤になって呻《うめ》くのを横に、ロキは一人納得し話を進めた。

「ん〜、じゃあやっぱ、うちからはこの四人娘を出すか。一角獣《ユニコーン》より凶暴な生娘《きむすめ》達やけど」

「こちらからはアミッドを参加させよう！」

主神同士の決定に、はぁ、と団員達の間から溜息《ためいき》が漏れる。

既に諦めていたティオネ達は、ほどなく冒険者依頼《クエスト》の参加を受け入れた。

「えっと、もうユニコーンを捕まえなくてはいけないのは仕方ないとして……ティオネさんとティオナさんは、その、て、貞操《ていそう》は……？」

男を食いあさるという女種族《アマゾネス》への先入観が強いのか、頬《ほお》を染めるレフィーヤは、ティオネ達に純潔の有無をつい確認してしまう。

「私の操《みさお》は団長だけのものよ」

「あたしも男遊びしたことなーい」

アマゾネスの双子の姉妹はあっけらかんと答える。ティオネに至っては誇らしげだ。

未《いま》だ顔が赤いレフィーヤは「そ、そうですか」と納得した。

「アミッドは儂の補佐だ、ホームに帰ってやってもらわなければならんことは山ほどある。よってこの冒険者依頼《クエスト》の期限は三日だ！　ふはははは！」

「三日……」

つまり、最長で三日も都市の外に滞在しなければいけない。それだけの時間があれば迷宮探索、あるいは鍛練に打ち込みたいと考えるアイズは、内心参加を渋りたい思いだったが、

「アイズも行かなきゃ駄目だよー」

「ぬふっ、強制参加やで、アイズたん」

「……」

背後から抱き着くティオナと、正面で下卑《げび》た笑みを浮かべるロキによって逃げ場を失い、参加を余儀なくされるのだった。

ユニコーンの目撃情報は都市の真北、『ベオル山地』の麓《ふもと》の森林と隣接する草原地帯に集中していた。

冒険者依頼《クエスト》が発注された翌朝。前日から辟易《へきえき》するようなギルドへの長い手続き――依頼主《ディアンケヒト》が冒険者依頼《クエスト》を出す前から根回ししていたにもかかわらず時間がかかった申請――をようやく済ませ、アイズ達はアミッドとともにオラリオの北門を出発した。

「ところでさぁ、アミッド、何でユニコーンって生け捕ることができないの？」

「ユニコーンは気高いモンスターなので、捕獲すると逆上し、己の命を絶ってしまうのです」

　都市最大派閥《ロキ・ファミリア》がユニコーン捕獲に乗り出したと早くも情報が出回ったのか、道すがら多くの冒険者──狩猟者《ハンター》達があの手この手でアイズ達の行く手を阻もうとしてきたが、ことごとく返り討ちにあった。冒険者依頼《クエスト》を完遂するためにも狩猟者《ハンター》の存在は邪魔《じゃま》なため、正当防衛という盾を振りかざし、アイズ達も索敵しては彼等を撃退していく。

「あ──み、みなさん！」

　あらかた狩猟者《ハンター》を片付け、モンスターの足取りを追い捜索《そうさく》することしばらく。小高い丘を登ったところでレフィーヤが指を差す。彼女の示す先を見たアイズ達は、一様に息を呑んだ。

　白く輝く馬の体軀《たいく》。しなやかな肢体《したい》から尻尾《しっぽ》の先まで包む白い毛並みは処女雪のようだ。額から伸びた一本の長い角は根もとから緩やかに螺旋《らせん》が刻まれ、鋭く尖った先端へと続いている。

　称された『聖獣』の名に偽りはないように、草原を進むその姿は清らかで美しい。

　稀少種《レアモンスター》、ユニコーン。

「うわ～、初めて見た～」

「綺麗《きれい》ね、本当に……。モンスターのくせに」

　惚《ほ》れ惚《ぼ》れしたような響きを乗せながら、ティオナとティオネが呟《つぶや》く。アイズも僅《わず》かに目を細め、視線の先のユニコーンをしばし眺めた。

　よく見ると、白い毛並みはところどころ掠《かす》り傷を負っている。恐らく狩猟者《ハンター》達の攻撃や罠《わな》に何度も晒《さら》されてきたのだろう。何度も首をもたげては辺りを見回しているユニコーンは、周囲の気配に神経質になっているようだった。小高い丘からその光景を観察するアイズ達は、身を伏せて見つからないようにしつつ、その場で作戦会議を始めた。

「じゃあ、まず誰が行く？」

「え、皆さんで行かないんですか？」

「当たり前じゃん、レフィーヤ！　あたし達がいっぺんに行っても、ユニコーンもどこに行こうか迷って困っちゃうって！」

「……迷う云々《うんぬん》は置いておくにしても、一理あるかもしれません。複数で近付くと警戒される可能性があります」

一人ないし二人でユニコーンへ接触を試みるというティオナの提案に、アミッドが賛成を示す。

そういうことなら、とアイズやレフィーヤ、ティオネも同意した。

「結局、最初は私達なのね……」

「どっちがユニコーンに気に入ってもらえるか競争ね、ティオネ！」

一番乗りを名乗り出た妹に引っ張られる形で、ティオネ達アマゾネス姉妹が最初にユニコーンを攻略《アタック》することになった。アイズ達が丘から見守る中、二人はモンスターに近付いていく。

「それにしても、ユニコーンを懐柔《かいじゅう》って……どうすればいいのかしら？」

「簡単じゃん！　犬とか呼ぶ感じでやればいいんでしょ！　おーい、おいでー！」

姉を置いてユニコーンの前にたっと躍《おど》り出るティオナ。前触れなく現れたことで驚くユニコーンの反応もお構いなく、ティオナは両手を広げ「おいでー」と満面の笑みを浮かべる。

ユニコーンは珠玉《しゅぎょく》のような青い瞳《ひとみ》をじっと彼女に向けていたが、やがて興味を失ったようにふいっと背を向けた。

「あれぇー?」と首を傾《かし》げる妹に嘆息しつつ、次はティオネが出る。

怯《おび》えさせないよう用心して歩み寄った彼女は、どうすれば近付いてくるのか悩み、散々逡巡《しゅんじゅん》した後、とりあえず「にこっ」とぎこちなく笑いかける。

ユニコーンはぞんざいにティオネへ一瞥《いちべつ》をくれると、速攻でそっぽを向いた。

「あはははははっ！　ティオネ、興味も持たれてなーい！」

「あんたも似たようなもんでしょ⁉」

げらげら笑う妹《ティオナ》に怒り狂う姉《ティオネ》。

丘に戻ってきた二人をまぁまぁとなだめ、今度はレフィーヤが赴《おもむ》く。

「きゃっ……！」

おどおどしながらやって来た彼女に、ユニコーンは一旦は近付いたものの、彼女が恐る恐る手を伸ばした瞬間、ぶるるっと嘶《いなな》いて距離を取ってしまった。

ああ～、とティオナ達から声が上がる。

「何だかあのユニコーン、気難しくなーい？　ちっとも隙《すき》を見せてくれないんだけどー」

「簡単にいくものじゃないんでしょ、きっと。調教《テイム》と似たようなものよ」

「先は長そうです……」

若干意気消沈して帰ってきたレフィーヤを迎えつつ、ティオナとティオネが愚痴《ぐち》をこぼす。

白銀の髪を揺らすアミッドは少々申し訳なさそうな顔を浮かべ、アイズと視線を合わせた。

「アイズさん……次はどちらが行きますか？」

「……それじゃあ、私が」

頑張れー！　とティオナに送り出され、アイズは出陣した。

青々とした美しい草原が広がる中、首を折って草を食《は》んでいたユニコーンは、ゆっくりと近付いてくるアイズに——ばっ、と顔を上げた。

間合いを残し対峙《たいじ》する金髪金眼の少女に目の色を変え、その角を差し向け、身構える。

（あ、警戒されてる）

（警戒されてるわね）

（警戒されてます……）

（ただならぬ雰囲気で警戒されています）

人とモンスターの間でゴゴゴゴッと厳《いか》めしい波動のやり取りが生じているのを、ティオナ達は確かに見た。ユニコーンは必死に体の震えを堪《こら》えている。

肩《かた》を落としトボトボと帰ってくるアイズと入れ替わるように、最後にアミッドが出た。

「……」

草原まで足を運んだアミッドは、何か思案する素振りを見せた後、その場へ腰を下ろした。膝《ひざ》を崩した彼女とユニコーンの視線が絡まる。透明な空気を纏《まと》う美しい貞淑《ていしゅく》な少女に、白い一角獣は一歩、二歩とゆっくりと近寄ってきた。おおっ、とティオナ達が丘から乗り出す中、ユニコーンはとうとうアミッドの側に辿り着き、膝を折り、その頭を彼女の膝の上に乗せた。

蒼穹《そうきゅう》の下、ユニコーンが完全に身を横たえる。

草原に腰を下ろした少女と、その膝の上で眠りにつく一角獣。その光景はまるで一流の画家が手がけた絵画——あるいは童話の一頁《いちページ》のように、アイズの目には見えた。

「……っ」

やがて、アミッドが手を腰に回す。服の影に隠してあった短剣を、鞘《さや》から引き抜いた。

瞼《まぶた》を閉じているユニコーンの角へ、悟られぬよう銀の剣身を伸ばしていき、刃が触れるか否かのその間際——モンスターの双眸《そうぼう》が勢いよく開いた。

アミッドをはね飛ばすように立ち上がり、高く嘶いて走り出していく。

「アミッド、大丈夫⁉」

「え、ええ……無事です」

アイズ達は慌てて丘から飛び出し、草原の上に倒れたアミッドのもとへ駆けつけた。彼女は弾き飛ばされた短剣を呆然《ぼうぜん》と見やった後、懺悔《ざんげ》するような眼差《まなざ》しでユニコーンを見つめた。

「あのユニコーンはここに来るまで何度も狩猟者《ハンター》に狙われ、非常に敏感《びんかん》になっているようです。恐らく……必要以上に人を警戒しています」

アイズ達と大きく距離を隔てたユニコーンは、あたかも裏切られたと怒《いか》るように再び嘶き声を上げ、背を向けて走り去っていく。ティオナも、ティオネも、レフィーヤも参ったような顔を作った。アイズはアミッドを立ち上がらせる傍《かたわ》ら、ユニコーンが去っていった方角を眺める。

その日はユニコーンの後を追うも成果は上げられず、その翌日も徒労に終わってしまい……とうとう、冒険者依頼《クエスト》最終日にもつれ込んでしまうのだった。

今日こそは何としても、と意気込むアイズ一行は、深い森の中を進んでいた。山の麓に広がる森林に逃げ込んだユニコーンを追って、鬱蒼《うっそう》とした木々の群れをかき分けていく。

「でも実際、もう私達はユニコーンに警戒されちゃってるわけでしょ？『角』を手に入れて、かつユニコーンを逃がすっていうのは正直厳しいんじゃないの、アミッド？」

「……かもしれません」

ユニコーンをもとの住処《すみか》に帰すという目的はあくまでアミッド個人の望みであり、派閥《ファミリア》の意向としては確実に『ユニコーンの角』だけは入手しておきたい、というのが実情だ。

決断の時が迫っている。曇《くも》るアミッドの横顔を見ながら、アイズ達はそう察していた。

ややあって、ユニコーンは見つかった。木々が開けた、青い小川のほとりだ。

こちらの気配に気付きじっと睨《にら》みつけてくる一角獣に、アイズ達は動けずたじろいでしまう。

「──ここにいたか」

「えっ……リ、リヴェリア様⁉」

そんなアイズ達のもとにやって来たのは、馬に乗ったリヴェリアだった。レフィーヤが驚くのを尻目に、彼女は慣れた動きで鞍《くら》から降りる。

「リヴェリア……どうしてここに？」

「ロキの言い付けだ。冒険者依頼《クエスト》に出ているお前達に、手を貸してやれとな」

アイズの疑問にリヴェリアは億劫《おっくう》そうに答える。詳細は説明されていなかったのか、アミッドから冒険者依頼《クエスト》の内容を聞いた彼女は「何だ、そんなことか」と口にする。

「リ、リヴェリアっ？」

ティオナの声を背中で聞きながら、リヴェリアはユニコーンに歩み寄った。ユニコーンは一度身構えかけたが、彼女の翡翠色の瞳と視線を絡めると、ゆっくりと緊張を解き、間合いに入ることを許す。

そっ、と伸ばされる手に一角獣は頬を寄せる。唖然《あぜん》とするアイズ達。

「故郷の森……王族《ハイエルフ》の里でもユニコーンを一頭、飼っていたからな。慣れたものだ」

ユニコーンの首を撫《な》でながら何てことのないように語られ、アイズ達は今度こそ言葉を失った。気性が荒い迷宮のユニコーンと比べれば可愛《かわい》いもの、とのたまう彼女に汗が流れる。

瞳を閉じて身を委ねるユニコーン。あっという間にモンスターを手懐《てなず》けてしまったリヴェリアに、レフィーヤは「リヴェリア様、調教《テイム》の才能もあるんじゃあ……」と王族《ハイエルフ》の多才ぶりに畏怖《いふ》の呟きを漏らす。

「すまない、お前の角を私達に分けてくれないか？　悪いようにはしない」

角を奪おうとするのではなく、語りかけてくるリヴェリアに、ユニコーンは細く嘶き己の角を差し出した。刃《は》を、と呼ばれたアミッドが慌てて駆け寄り、短剣を手渡す。

優しく丁寧《ていねい》に、そしてあっさりと切り取られる『ユニコーンの角』。

冒険者依頼《クエスト》が完了してしまった。

「群れには私が連れて行こう。お前達はもう帰れ」

都市の商人に借りた馬に再び騎乗したリヴェリアは、ユニコーンを隣に従え、霊峰と呼ばれるアルヴ山脈の方角へと進路を取った。蹄《ひづめ》の鳴る音を残し、森の奥へと消えていく。

一人で冒険者依頼《クエスト》を片付けてしまったエルフの王女に、取り残されたアイズ達はしばらく立ちつくした。ともすれば何とも言えないいやるせなさに身を包まれ、乾いた風が森の木々をざわざわと揺らす。

顔を見合わせたアイズ達は、やがてすごすごと、都市への帰路につくのだった。

「ねえ、ロキー。最初からリヴェリアに行ってもらえばよかったんじゃないの？」

冒険者依頼《クエスト》が終了し数日後。ホームにてティオナは口を尖らせながら言った。

自分達は三日間散々苦労したにもかかわらず、リヴェリアは容易《たやす》くユニコーンを手懐けてしまったのだ。不満が漏れるのは当然で、ティオネも「本当よ」と同意する。

「まぁ、そりゃアレや、アレ……ティオナ達が滑稽《こっけい》な真似《まね》する方が、面白そうやったし」

ニヤニヤと、ロキはこれ見よがしに笑った。それを見たティオナとティオネは眉《まゆ》を逆立て、その場から逃げ出した主神を「「待てぇーっ！」」と猛追走する。

苦笑するレフィーヤとともにアイズが後を追うと、「ぐええっ⁉」とエントランスホールでロキが取り押さえられるところだった。

「……お取込み中でしたか？」

とその時、館の扉が開き、来客が訪れた。門番に案内されたアミッドは、ロキを一番下にして玄関口で倒れ込むティオナ達を見下ろしながら小首を傾《かし》げる。

「アミッドさん？　……あ、もしかして？」

「ええ。冒険者依頼《クエスト》の報酬を渡しにやって来ました」

ばたばたとロキに折檻《せっかん》を加えるティオナ達を足もとに、アイズとレフィーヤが迎えると、アミッドは小さく微笑《ほほえ》み、小脇《こわき》に抱えていた品を差し出す。

巻かれていた布を解くと、アイズとレフィーヤは思わず感嘆した。

「『ユニコーンの角』を素材にして作りました。泥水《どろみず》であっても毒水《どくすい》であっても、全て清浄なものへと変えます」

「綺麗……」

「えっ、なになに？」

「ほぉ～、こりゃ見事やなー」

アイズの手の中を覗き込むように、レフィーヤが、ティオナとティオネが、ロキが左右から顔を出しそれを見下ろす。

一角獣の角の面影を残す、金と銀の意匠を凝らされた純白の杯。

いかなる毒物も浄化する『ユニコーンの杯』を手に、アイズもまた、顔を綻《ほころ》ばせるのだった。

外伝
2巻
アイズ・ヴァレンシュタインは白兎の夢を見るか
アニメイト購入特典
惚れ込んだ理由《わけ》
ゲーマーズ購入特典
策士魔導士純情系
とらのあな購入特典
恋せぬ乙女
Amazon購入特典
イラスト：はいむらきよたか

アイズ・ヴァレンシュタインは白兎《しろうさぎ》の夢を見るか

また夢を見ている。

あの冒険者の少年と出会ってから、夢を見ることが多くなった、とアイズは思う。

今回の夢には、幼いアイズと真っ白な毛並みの兎が出てきた。

兎は一風変わった格好をしていて、黄色の上着《ベスト》とこじゃれた短刀《ナイフ》の玩具《おもちゃ》を身に付けている。くりくりとした赤い瞳《ひとみ》は可愛《かわい》らしい。白兎は、遅刻だ遅刻だー、と首から吊《つ》るした懐中時計を見て、二本足でぴょんぴょんと飛び跳ねて走っている。

一方の幼いアイズはというと……白兎に対してその金色の双眸《そうぼう》をきらきらと輝かせており、待て待てー！　と後を追いかけていた。

年は五歳くらいだろう。この頃のアイズは、今の彼女しか知らない者達が聞けば驚くほどお転婆《てんば》だった。幼いアイズは元気よく走り回り、やがて白兎を捕まえることに成功する。

「やったー！」と続く歓声の後に『キュ⁉』と響く驚きの鳴き声。幼いアイズはとても嬉《うれ》しそうな顔で白兎の長い耳を摑《つか》んでいた。両手で。ぶらんぶらん、と狩猟《しゅりょう》された獲物のごとく宙吊りになる兎は、慌てふためきながらバタバタとその短い手足を振っている。

外側から一部始終を見守っていたアイズの体は、動くことができた。流石《さすが》に見兼ねてしまい──後は見ていて恥ずかしくなってしまい──幼い自分《アイズ》のもとへ歩み寄る。はしゃいでいる彼女の肩《かた》を叩《たた》いて、「駄目だよ？」と注意する。

えー？　と口を尖《とが》らせる彼女から白兎を助け出す。両手で抱き上げると白い毛並みはもふもふとしており、えも言われぬ気持ち良さに感心していると――ふと、気が付いた。

『ヒ……ヒィッ』

白兎が、怯《おび》えている。

がたがたと震え、その円《つぶ》らな深紅《ルベライト》の瞳も揺らしていた。悲鳴まで漏らす兎は呆然《ぼうぜん》とするアイズの隙《すき》を突き、バッと手の中から脱出する。そして、ぴゅーん、と全速力で逃走した。

固まるアイズの隣から「あーあ」と幼い自分《アイズ》が顔を出し、じろー、と半眼で見上げてくる。

アイズは途轍《とてつ》もない衝撃《ショック》を受け、その場で立ちつくすことしかできなかった。


「……夢」

カーテンの隙間から差し込む朝日を浴び、アイズは、むくりと身体を起こした。

あまりにもあんまりな夢の内容に、体が汗をかいている。彼女はベッドを下り、シャワーを浴びるためふらついた足取りで部屋を出た。力なく、頼りなく、哀愁《あいしゅう》を漂わせながら。


約十日後、アイズの見たその夢は正夢《げんじつ》となる。

惚《ほ》れ込んだ理由《わけ》

六年前のことだ。アイズの身長がまだ頭一つ分低かった頃、ベート・ローガは【ロキ・ファミリア】に加わった。どういった経緯で彼が入団することになったのかは知るよしもなかったが、既に実力主義の塊であった狼人《ウェアウルフ》の青年は、当時のアイズをこれでもかと見下《みくだ》していた。

「はっ、こんなガキが本当に使えるのかよ。その人形みてえな顔に傷が付く前に、巣に引っ込んだ方がいいんじゃねえか」

「……」

「役にも立たねえ女とガキほど、始末に負えねえもんはねえっての」

高い目線の位置から見下《みお》ろしてくる琥珀《こはく》色の双眸《そうぼう》は、常に機嫌《きげん》が悪そうだった。額に刻まれた青い刺青《いれずみ》を歪め、フィンやリヴェリア達の目の前で堂々と、何かとつけてはアイズのことを嘲弄《ちょうろう》した。さっさと泣き喚《わめ》いて失せろ、と言わんばかりの口振りであった。

無論、アイズとていい気分はしない。フィン達にしかわからない程度には膨れ、青年の顔をやや尖った目付きで下から見上げる。彼女の第一印象は、意地悪な人だ、というものだった。

「おい、ガキ。邪魔《じゃま》にならねえように後ろで震え上がってろ」

そして、ベートを加えての初めてのダンジョン探索。

難なく『下層』へと突入しモンスターの群れに出くわすと、ベートはいつもの調子でそのように告げた。意訳すると『足の速い俺が片付けるからお前は後ろで待機していろ』という指示だったが——柳眉《りゅうび》を吊り上げるアイズは、彼の言い付けを無視した。

一瞬でベートの真横を抜いて、抜剣し、大型級のモンスター『トロール』の群れへと疾駆《しっく》する。小柄な体でありながら敵の太足を縫《ぬ》うように斬りつけ、体軀《たいく》を地に落とし、首ないし胸部《きょうぶ》へ一撃を見舞い撃破する。モンスター達が全滅するまで、あっという間の出来事《できごと》であった。

「なっ……」

返り血の一滴も浴びず、剣《サーベル》を振り鳴らす金眼金髪の【剣姫】の姿に、ベートは瞠目《どうもく》した。

「——とまぁ、こんな感じでベートはアイズたんにメロメロになったんや」

「ええーっ⁉」

「今のどこで⁉」

「アイズさん、トロールを斬殺しかしてませんよ⁉」

ホームの談話室、アイズとベートの昔話を語るロキに、ティオナとティオネ、レフィーヤが驚愕《きょうがく》と戸惑いの声を上げる。

真剣な顔でカードゲームに興じるアイズとベートは、騒ぐ彼女達を見て、「ん？」「ああ？」と首を傾《かし》げるのだった。

策士魔導士純情系《じゅんじょうけい》

「【ヒュゼレイド・ファラーリカ】‼」

「次だ！」

アイズ、ティオナ達姉妹の視線の先で、『魔法』が次々と発動していく。行われているのは魔法の訓練であり、リヴェリアの指導のもと、レフィーヤが休むことなく詠唱を重ねていた。

場所はダンジョン5階層。攻撃魔法の試射《テスト》、及び訓練は当然のことながら場所を選ぶ。地上《オラリオ》で余計な被害を出さないためにも、魔導士達は人気《ひとけ》のない迷宮の奥深くへ赴《おもむ》き魔法を試すのが通例であった。

例に漏れず、レフィーヤも階層西端に位置する広大な『ルーム』に陣取り鍛練をしている。

「あっ……！」

「レフィーヤっ」

過度な魔法の行使により地面に膝《ひざ》をつくレフィーヤを、アイズは支えようとする。

「来ないでください、アイズさん！」

「！」

「私はもっとっ、自分を追い込まないといけないんです……！」

差し伸べる手を頑《かたく》なに拒むレフィーヤは自らの力で立ち上がり、訓練を再開させる。

リヴェリア曰《いわ》く、魔法使用回数──精神力《マインド》を手っ取り早く増やすには、体力と同じく、心身を痛めつけ己を鍛えることだ。詠唱の高速化も同時に教え込む彼女の教えは酷烈《スパルタ》で、ふらつくレフィーヤは今にも倒れそうである。しかし彼女は甘えず、屈さず、己の体を酷使《こくし》し続ける。

アイズ達に追いつこうと、彼女もまた必死になって高みを目指していた。

「──【レア・ラーヴァテイン】!!」

はらはらとアイズが見守る中、召喚魔法《サモン・バースト》からのリヴェリアの極大火炎魔法が放たれる。紅蓮《ぐれん》の炎柱が無数に突き出る最中《さなか》、とうとう、レフィーヤはがくりと地面に倒れ込んだ。

「精神疲弊《マインドダウン》か……アイズ、バベルの治療《ちりょう》施設に運べ！」

「うん」

リヴェリアに言われた通り、アイズは駆け寄ってレフィーヤの細い体を背負った。

「……幸せそうねぇ」

「もしかしてレフィーヤ、アイズに運ばれたいから必死に頑張ってたり？」

「強く在《あ》りたいと望む心は本物だろうが……まぁ、半々と言ったところか」

ティオネ、ティオナ、リヴェリアが口々に述べる中、気を失っているレフィーヤは、アイズの背中ですこぶる幸福そうな顔を浮かべている。一石二鳥とばかりに、訓練で体を鍛えつつ、ちゃっかり己への褒美《ほうび》を忘れない少女は、策士《したたか》であった。

恋せぬ乙女

「団長、待ってくださ～い」

まるで花が咲くような甘ったるい声を出す実姉《ティオネ》の姿を、ティオナは視線で追いかける。菓子でも作ったのか、籐籠《バスケット》を片手にフィンに逃げられたティオネは、ふとその視線に気付いた。

「何よ、じっと見ちゃって」

「ん～……よくそんな夢中になれるなー、って」

フィンを慕うようになって、以前とは随分《ずいぶん》と変わってしまったティオネのことをあらためて観察する。同時によくもそこまで飽きずにのめり込めるものだ、とティオナは感心していた。

「ふんっ、愛の力は偉大《いだい》なのよ。あんたは気になる雄《おす》の一人や二人いないわけ？　アマゾネス云々《うんぬん》以前に女でしょ？」

女児しか産まれない女戦士《アマゾネス》は他種族の異性を選《え》り好《この》みして伴侶《はんりょ》、あるいは子孫を残すための道具とする。特別な感情を抜きにしても、強い男を目にしたら、舌舐《したな》めずりしてしまうのが普通のアマゾネスというものだ。全く異性に熱を上げようとしないティオナはむしろ珍しい。

フィンの前では戦闘能力が二割増し、いや五割増しになるティオネは誇らしげに愛の素晴らしさを語ってくるが、ティオナは「そんなこと言ったってさー」と腕を組む。

気になる雄、身近な異性……フィンは違う、ベートは絶対嫌だ、ガレスはおじさん過ぎる、ラウルはピンと来るものがない。そもそも、自分の男の好みとは何だろうか。

う～んと懊悩《おうのう》するティオナに、ティオネは呆れ顔で「わかったわ」と手を振る。

「いくつか質問するから答えなさい。考えちゃ駄目よ、直感のまま言うの」

「わかった！」

そしてティオネは矢継ぎ早に尋ねた。

「今ぱっと思い浮かんだ種族は？」『ん～、ヒューマン！』

「好みの年齢《とし》は？」『同年代《おないどし》……それか年下！」

「性別は？」『男！　……って、何その質問⁉」

ティオナの声を無視してティオネが下したのは、「あんたの好みはヒューマンで同い年以下の男よ！」という随分と短絡《たんらく》的な答えだった。少々納得がいかない気もするが、ティオナはそうだったのかーと頭上を見上げ思案する。

しかしやはり、未だに異性の理想像は浮かんでこない。

「……ま、いいや。男とかあんまり興味ないし」

辿《たど》り着いた結論に姉から文句を言われる中、彼女はけらけらと笑った。

遠くない将来、ティオナはとある少年の応援者《ファン》になる。

外伝
3巻
特訓ブーム
アニメイト購入特典
男の矜持
ゲーマーズ購入特典
密会の行方
とらのあな購入特典
アマゾネス流喧嘩術
Amazon購入特典
My Memory
外伝3巻限定版小冊子収録
イラスト：はいむらきよたか

特訓ブーム

「よし、模擬戦やろうぜ！」

「乗った！」

「私はダンジョンに行くわ！」

【ロキ・ファミリア】のホームはいつにない熱気を帯びていた。

アイズの【ランクアップ】、Lv．6到達から数日後。【剣姫】の偉大《いだい》な功績に触発され、自分達も高め合おうと、派閥内では下部構成員を中心に特訓の流行《ブーム》が巻き起こっている。

ダンジョン深層域を開拓する『遠征』を前にしておきながら、特訓に励んで体を休めようとしない団員達を見て、フィンを始めとした首脳陣は参ったねと苦笑しながらも、高まっている士気には歓迎的だった。ロキもまたニヤニヤと笑いながら子供達《かれら》のことを見守っている。

「あ、あの、私も特訓に……⁉」

「悪いなレフィーヤ、この特訓は三人用なんだ」

次々と団員達が出払っていく中、慌てふためくレフィーヤは気が付けば一人になっていた。

「で、出遅れた……⁉」

機を逸したレフィーヤはすっかり人気のなくなったホームに取り残されていた。

流行《ブーム》に乗り遅れてしまい「ううっ」と項垂《うなだ》れていた彼女だったが……ホームの廊下を通りか

かったアイズが、ひょい、と顔を覗かせる。

「レフィーヤ……？　どうしたの？」

「じ、実は……」と事情を話すと、金髪金眼の美少女は、首を横に傾けて尋ねてきた。

「それじゃあ、私と一緒に特訓する？」

「ほ、本当ですかっ⁉」

アイズの申し出にレフィーヤは歓喜した。二つ返事で承諾《しょうだく》する。

これは私、一人勝ちでは――！

憧れのアイズとの二人だけの特訓に、エルフの少女は胸《むね》を高鳴らせる。

「それじゃあ、追いかけっこをしようか……相手の体に触れたら、逃げる役を交替」

「はいっ！」

移動と回避、そして読み合いの基本訓練に、レフィーヤは嬉《うれ》しそうに頷《うなず》いた。


「ア、アイズさんっ、待って……⁉」

ホームの中庭で残像を残し逃げ回る剣士《アイズ》。既に足にキている魔導士《レフィーヤ》は盛大に息を切らし、その手は虚《むな》しく空《くう》を切るだけだった。真面目《まじめ》に特訓をこなす少女を視認できない。

根気と耐久勝負も求めてくる【剣姫】の特訓は、苛烈《かれつ》につきた。

約十二時間《はんにち》、レフィーヤはアイズを一度も捕まえることができず、とうとうぶっ倒れた。

男の矜持《きょうじ》

ドガンッ‼　と。

凄《すさ》まじい殴打音《おうだ》が鳴り響いた。

闇《やみ》に満ちる夜半、人気のない街外れの貸し出し倉庫の一つから光が漏れている。木箱を乱雑に押しのけて作られた広い空間にいるのはベートだった。冷たい石の地面に転がり、切った口から流血しながら、彼は忌々《いまいま》しそうに「クソッタレが」と天井《てんじょう》を見上げている。

「馬鹿力のドワーフめ……」

「付き合わせておいて何という言い草じゃ」

仰向《あおむ》けの体勢からベートが上体を起こすと、前にはドワーフのガレスが立っていた。互いにインナー一枚を着て、引き締まった、あるいは岩のような筋肉の肩《かた》を剝《む》き出しにしている。防具を纏《まと》わず身軽な格好の彼等は、片や汗と傷まみれ、片や無傷のままと対照的だった。

「下っ端どもだけではなく幹部連中も少女《アイズ》に触発されおって……気性の荒い者ばかりで困る」

アイズがLv.６に到達したことで、今や【ロキ・ファミリア】の士気はとどまることを知らなかった。ティオナやティオネ、レフィーヤ達下部構成員が己を高めようと張り切る中、ベートもまたガレスを強引に呼び出し、こうして鍛練に付き合わせている。

己より格上のドワーフの戦士に、彼は何度も飛びかかってはねじ伏せられていた。

「こんな所《ところ》に呼び出さずともホームでも良かろう。言えば組み手くらい付き合ってやるわい」

「雑魚《ざこ》どもの前でくだらねえ姿なんぞ晒《さら》せるか」

鍛練に明け暮れる姿、ひいては打ちのめされる姿を団員達には見せられない。ベートの言外の意思と、その高い自尊心《プライド》に、ガレスは嘆息する。

「アイズと言い、赤髪の化物といい……女どもに負けていい筈《はず》がねえだろう。このままでいいわけがねえだろう」

俺は男《おす》だぞ、と。

自分本位かつ、乱暴で、他者を顧《かえり》みない——けれど誰よりも男の矜持に燃え狂う鋭い琥珀《こはく》色の瞳《ひとみ》に、ガレスは目を細め、くっと歯を剝いて笑った。

「最近《さいきん》暴れ足りないで鬱憤《うっぷん》が溜まってんだろ、クソジジイ。おら、さっさと来い」

「ふんっ、生意気なクソガキめ」

年長者の表情を消し、ガレスは戦士の顔付きになる。握った両手から音を鳴らし、好戦的な笑みが口に宿った。

狼《おおかみ》の遠吠《とおぼ》えが上がり激しい戦闘が再開される。汗の粒を散らしながら狼人《ウェアウルフ》は何度も挑みかかり、ドワーフもまた何度でも応え、貪欲《どんよく》に強さを求めた。

満月に見下ろされる倉庫から、拳を交わし合う音が途切れることはなかった。

密会の行方《ゆくえ》

【ロキ・ファミリア】ホーム、執務室。書類の山を捌《さば》く団長のフィン、そして副団長のリヴェリアは、事務仕事の片手間に会話を交わしていた。

「アイズのせいで、すっかり【ファミリア】全体に火がついてしまっているようだ」

「士気が上がるのは喜ばしい、とは確かに言ったけどね……」

嘆息を漏らすリヴェリアに、フィンは苦笑した。アイズの階層主撃破──昇華《ランクアップ》するに相応《ふさわ》しい偉業《いぎょう》に誰もが刺激されてしまい、『遠征』前にもかかわらず、ティオナやティオネを筆頭に多くの団員が鍛練に励んでいるのだ。

「まぁ、ティオナ達の気持ちもわかるよ……許されるなら、僕も体を存分に動かしたい」

湯気を上げるカップを取り、口をつけるフィン。アイズに触発された周囲と同じように鍛練に打ち込みたいと匂わせる小人族《パルゥム》の団長は、意味ありげにリヴェリアへ流し目を送った。

「リヴェリア、どうだい？　久々に模擬戦でも」

「……魔導士の私と、か？　ガレスとやればいいだろう」

「ガレスにはベートの先約があるらしい。さっき、断られてしまったよ」

ベートも熱を持てあましているみたいだ、と肩《かた》を竦《すく》めてみせる彼に、書類に目を通していたリヴェリアは吐息をつく。……そして、すぐに瞑目《めいもく》し、フッと笑った。

「今夜ならば空いている」

「わかった、それじゃあ部屋のドアを開けといてくれ。夜、訪ねに行くよ」

結局《けっきょく》自分達も鍛練に勤しみたいフィン達は、二人で小さく笑い合った。

『今夜ならば空いて——』『わかった、それじゃあ部屋のドアを——夜、訪ねに——』

執務室の扉の奥から聞こえてきた会話に、ちょうど報告書を提出しに来ていたレフィーヤ達下部構成員は、真っ赤にした顔でそれぞれを見交わす。

「だ、団長とリヴェリア様が……⁉」『確かに二人ともよく一緒にいるし……！』『やっぱりあの相思相愛《うわさ》は本当に……！』『ちょっとリーネ、声が大きい⁉」

輪になった種族が異なる少女達の間で憶測の数々が飛んだ。そして、衝撃と興奮に撃ち抜かれるレフィーヤ達は、その存在を知覚するのが遅れてしまう。

「…………今の、どういうこと？」

「——ひっっ⁉　ティ、ティオネさん⁉」

いつからいたのか、目から一切の光を消したティオネが立っていた。戦慄《せんりつ》する少女達の中、悲鳴を上げたレフィーヤが何かの間違いだと言って聞かせるが、今の彼女には何も届かない。

その夜、鍛練という名の密会をするフィン達のもとに、一人の襲撃者が乱入するのだった。

アマゾネス流喧嘩《けんか》術

その光景を最初に目にしたのは、レフィーヤだった。

「「────ッッ!!」」

ホームの中庭で、双子のアマゾネス姉妹が血だらけになって戦闘を繰り広げている。

「け、喧嘩!? ティオナさんっ、ティオネさんっ、止めてください!?」

凄まじい拳と蹴りの応酬を繰り広げる両者の間に割って入り、止めにかかる。

「姉妹喧嘩? 違う違う、レフィーヤ」

「ただの組み手よ。昔からよくやってるわ」

「……ええっ?」

複数の打撲《だぼく》の痕《あと》、更に唇《くちびる》や額から血を流しながら、女戦士《アマゾネス》の姉妹はあっけらかんと答える。

困惑するレフィーヤの前で、プッと血の交ざった唾《つば》を吐いたティオネは補足した。

「アイズに【ランクアップ】されて、先に行かれたからね。悔しいじゃない?」

「居ても立ってもいられなくなってさー。二人で久々《やや》に戦り合おうって」

付け足されるティオナの言葉も聞いてレフィーヤは「そ、そういうことですか」と返す。

つまりは訓練だ。容姿《ようし》はもとより実力も同等の双子の姉妹、気心も知れておりこれ以上の練習台はないだろう。喧嘩も含めて、小さい頃からこのような殴り合いは日常茶飯事《にちじょうさはんじ》だったと言う。というより、己の半身との戦いを経《へ》て、彼女達はお互いを高め合ってきたらしい。

「Ｌｖ．も一緒だし、『深層』まで行ってモンスターを狩るより【経験値《エクセリア》】も入りそうなもんなんだけどねー。本気で戦《や》ってるし」

「私達の場合、繰り返し過ぎて碌《ろく》に評価されないのかもしれないわ。目新しさがないって」

ボロボロになってけらけら笑う妹《ティオナ》と、同じくボロボロのまま冷静に考察する姉《ティオネ》。

物騒《ぶっそう》な会話というか、女戦士《アマゾネス》の気質や文化の一端を垣間《かいま》見たレフィーヤは汗を流す。

「ま、それに喧嘩だったら私の方が勝ち越してるしね。今更ムキになる理由なんてないわ」

「え、ティオネなに言っているの？　あたしの方が勝ってるよ」

「――は？」

眉《まゆ》をはね上げた妹《ティオナ》に対し、姉《ティオネ》は殺気を帯びた声を出す。

「九百九十九回やってあたしは四百勝してるもんっ。相打ちは二百回でしょっ」

「あんた馬鹿？　相打ちは百九十八回、私の方が勝ち星は上よ」

剣呑《けんのん》な空気を帯び、二人は至近距離から睨《にら》み合っていたかと思うと――ドゴッッ、と。

同時に放たれた拳が、お互いの頬《ほお》にめり込んだ。

「「決着をつけてやる!!」」

「ちょ、二人とも――!?」

アイズ達が駆け付けてくるまで、激しい姉妹喧嘩は続くのだった。

My Memory

「……んー？」

体を揺らす振動に、ティオナは瞼《まぶた》を開けた。

視界に映る石造りの暗い天井。同じく石の壁に設けられた鉄格子《てつごうし》の小さな窓――等間隔に並べられた複数の明かり取りから、細い日差しが差し込んでいる。血痕《けっこん》に似た染みが至るところに存在し、薄汚れ、空気も淀《よど》んだこの場所は、いかにも不衛生そうな大部屋であった。

錆《さ》びた鉄の臭いと石のみしかない部屋の中心で一人、ティオナは大の字で転がっていた。

周囲には本が散乱している。まるでつい先程まで沢山の物語を読み耽《ふけ》っていたかのように。

身を起こし、頁《ページ》が開かれた本の一つを手に取ると……それは子供向けの童話だった。

牛頭人体の怪物に立ち向かう、英雄の絵本に首を傾《かし》げていると、一段と大きな振動と叫び声――歓声が轟《とどろ》いた。

「なにちんたらしてんのよ。次、あんたの番よ」

びりびりと震える部屋の奥から現れたのは、黒い長髪を揺らす、幼い姉の姿だった。

「……ティオネ、なんで小さくなってるの？」

「はぁ？　寝惚《ねぼ》けてんじゃないわよ、愚図《グズ》」

まるで幼少の頃に戻ったかのように言葉づかいが汚くなっているティオネは「汚《きった》いわね」

と乱暴に本を蹴り飛ばす。あの豊満な胸《むね》の膨らみが欠片《かけら》もない小さな体、荒《すさ》んだ瞳《ひとみ》、そして外から伝わってくる女傑達の声々を聞いて、ティオナは唐突に理解した。

ああ、そうか、ここは――闘技場だ。

ティオナとティオネは、この戦いの場に物心《ものごころ》つく前から放り込まれているのだ。

そうだった、そうだった……そうだっけ？　と再び首を傾げながら、ティオナは部屋の隅で干し肉を食い千切《ちぎ》り出している姉に声をかける。

「ティオネ、今日なにと戦《や》ったの？」

「糞豚《オーク》と糞犬《ヘルハウンド》どもよ。糞尿《クソ》の臭い垂れ流しやがって……最悪」

言いながらも食を進める姉は、こちらの相手をするのも億劫《おっくう》そうに、通路の奥を顎《あご》で示す。

「さっさと行きなさいよ。今日《きょう》勝ったら、糞女神《カーリー》が褒美《ほうび》をくれてやるって言ってたわよ」

「本当⁉」

その言葉に、ティオナは勢いよく食いついた。顔を輝かせその場からはね起き、控え室から飛び出す。通路の奥から届いてくる凶暴な怪物《モンスター》の雄叫《おたけ》びに恐れることなく走り続けた。

今度は何の物語を、何の童話を、何の英雄譚《えいゆうたん》をもらおう？

頭の中の関心を勝利の景品だけで埋めつくすティオナは、光が見える出口を目指す。

戦場《アリーナ》に続く、門のないアーチをくぐって、光と歓声が待つその先へ――。

「……やっぱり、夢か」

そこで、ティオナは目を覚ました。

朝を告げる小鳥の囀《さえず》りが聞こえてくる中、大の字に寝転がった体勢から上体を起こす。

毛布を床に蹴り飛ばした寝台の上には、童話や英雄譚の本は存在しない。幼い頃、夢中でかき集めていた沢山の物語のことを思い出しながら、ふあぁ、とティオナはあくびをした。


「ティオナ、あんた借金どうするつもり！」

ホームの大食堂で朝食を済ませた矢先、姉《ティオネ》は開口一番そう言ってきた。

「大双刃《ウルガ》の未払い金、まだいくら残ってるのよ⁉」

「んー……あと九〇〇〇万ヴァリスくらい？」

「馬鹿っ‼」

アイズ達が24階層から帰ってきた翌朝。謎の勢力と接触した情報は幹部のみに知らされ一時は騒がしくなったものの、一夜《いちや》明けた現在では落ち着きを取り戻している。レフィーヤは精神疲弊《マインドダウン》の反動で寝込んでいるものの、ベートは既にぴんぴんしているし、アイズも健在だ。

事件のあらましを彼女達に尋ねつつも、ティオナ達は普段通りの日常を過ごしていた。

そんな中、ギャーギャーやかましく説教してくるティオネを、ティオナはじーと見つめる。

「……って、何よ、真面目な顔して」

「べっつにー」

今朝《けさ》見た過去《ゆめ》の記憶からすっかり変わった姉に対し、ティオナは何でもない風に装った。

「とにかく、そう簡単にぽんぽん借金《しゃっきん》作ってもらっちゃあ堪《たま》んないのよ！　あんたの汚名なんてどうでもいいけど、団長の派閥《ファミリア》に変な評判がついて回るでしょう！」

「いーじゃん、冒険者なんだからさぁ。ねぇー、アイズー？」

「うん、と……」

ティオネの怒声を右から左に流し、ティオナは隣にいるアイズに同意を求める。

ちなみに、金髪金眼の少女の今の格好はメイド服だった。24階層の単独先行を冒した『罰ゲーム』としてロキに命じられたのだ。この後、アイズはセクハラを躱《かわ》しながら一日中主神《しゅしん》に奉仕せねばならない。他団員の興味津々《きょうみしんしん》の視線を周囲から浴びる中、フリルとレースをふんだんにあしらった服を今も恥じらっているのか、アイズは歯切れの悪い声を出す。

「アイズ達さ、24階層で『宝石樹』を見つけたんでしょう⁉　その場所《ばしょ》教えてよ、あたし取ってくるから！」

実《みの》っている宝石の数にもよるが、稀少《きしょう》な宝石樹の採取は一攫千金《いっかくせんきん》の好機《チャンス》だ。宝財の番人《トレジャー・キーパー》の木竜《グリーンドラゴン》から『ドロップアイテム』が発生すれば三〇〇〇万ヴァリスにも届くかもしれない。

財宝を守る凶暴な竜も、ティオナの前では強敵の内に数えられない対象である。

簡単、とまではいかなくとも時間さえかければ一億ヴァリスの借金は何とか返済できる。それが第一級冒険者という存在であり、都市最大派閥《ロキ・ファミリア》という組織だった。

全く反省の色を見せない妹の姿に、「こんの馬鹿ッ……!?」とティオネは怒りに震える。

「ほら、アイズ、どこどこー?」

「えっと、確か、正規ルート沿いの……」

「──駄目よ、アイズ!」

ばんっ！　とティオネの右手が食卓を叩《たた》いてアイズの言葉を遮《さえぎ》る。

「そんな風にすぐ返せるなんて思ってるからポンポン武器を壊して借金こしらえてくるのよ!!　考え方からして馬鹿で愚かで【ファミリア】泣かせよ！」

ぎくり、とアイズが肩《かた》を揺らした。

「だからぁ、冒険者なんだからさぁー」

「黙んなさい！　お金を稼ぐのがどれだけ大変か、あんたは今日一日学《まな》んできなさい！　それでちょっとは反省しろ、脳みそ筋肉！」

「えー!?　ていうか何その名前ー!?」

強引な命令に異議を唱えるが、実の姉は頑として譲らなかった。宝石樹がもったいない、借金《しゃっきん》を残しておく方が問題、と話題をすり替えても『自分《わたし》が行く』の一言で切り捨てられる。

アイズがおろおろする前で、ティオナは無理矢理《むりやり》姉からの課題をこなすこととなった。

「じゃあ、この荷物を交易所で売り払ってきなさい。全部《ぜんぶ》売るまで帰ってきちゃ駄目よ。手に入ったお金は、あんたのものにしていいから」

膨れ上がった荷物《バックパック》を押し付けられ、ニコニコと笑うティオネとメイド服姿のアイズに玄関先から見送られる。ティオナはうらめしそうに背後を見て、ホーム正門から出発した。

「もう、勝手に決めてさぁ～。しかもこれ、ほとんどみんなが使わなくなったモノだしぃ～」

バックパックの中身――ホーム中からかき集められた品々は、中途半端に使い込まれた中古の剣に盾、種族ばらばらの女性用の衣類《ふく》、胡散臭《うさんくさ》い書物など、有《あ》り体《てい》に言ってしまえば置き場所に困るものばかりだった。恐らくは各団員の不用品や倉庫の片付けをして出てきたものばかりだろう。ティオナは廃品の処理を任されてしまったのだ。

「フィンに褒《ほ》められたいの、丸わかりだよ……」

実姉のご満悦顔を思い浮かべながら溜息《ためいき》をつく。バックパックを背負い直すティオナは、照りつける太陽に見下ろされながら、不承不承《ふしょうぶしょう》に足を進めた。

目的地に指定された『交易所』は都市の南西部、西のメインストリートと南西のメインストリートに挟まれた第六区画に存在する。海路の出入り口である市壁外の汽水湖――ロログ湖と港街メレンからやって来る商人達が南西の門をくぐり、この区画に集まって、数々の取り引きを行うのだ。

複数の商館、様々な市場《いちば》が広がる交易所はオラリオ経済の要《かなめ》と言っていい。魔石製品を始めダンジョン由来の物品が大量の貨幣《かへい》、そして諸外国の産物と交換されていく。陸路から都市に入った行商等《とう》も必ず足を運び、『世界の中心』と謳《うた》われるに相応《ふさわ》しい商況を呈《てい》するのである。

ティオナは中央広場《セントラルパーク》を経由して南西のメインストリートから目的地に入った。交易所はどこもかしこも賑《にぎ》わっており、視界を掠める市場《いちば》には熱帯の果実、新鮮な海産物、美しい織物、そして武器として優れたダマスカス鋼《こう》の刀剣など、並べられる品々は枚挙に暇《いとま》がないほどだ。とにかく物《もの》と人《ひと》で溢《あふ》れている。

「来るだけなら賑やかで楽しいんだけどな〜」

海を渡って来た他国出身の者達のせいで、交易所は広い都市の中でも一段と異国情緒《いこくじょうちょ》に溢《あふ》れている。道と広場を行《ゆ》く亜人《デミ・ヒューマン》の服装はオラリオ周辺ではまず見られない衣装ばかりだ。世界中の産物が集まる巨大交易所を一目《ひとめ》拝もうという旅人の数も多く、旅装姿の者達もまた目立つ。

——あの獣人は島国から来たのかな。

——あっちのヒューマンはもしかしたら砂漠？

すれ違う人々に度々《たびたび》目移りするティオナ。移動に不便な背の大荷物をひょいと頭上に持ち上げ、人波をかき分けていく。太ったドワーフ丸々ほどもありそうなバックパックを片手一本で掲げる彼女を見て、ざわっ、と周囲の喧騒《けんそう》が揺れた。

現在《げんざい》目指している場所は交易所の中でも隅に位置する。団員達の不用品など持って商会や真っ当な市場を訪ねれば、追い返されてしまうだろう。

ティオナは一般市民から冒険者まで誰もが商売可能な蚤《のみ》の市《いち》地帯《エリア》——特設市《フリーマーケット》へと向かった。

「じゃあ、やってみるかー」

ティオネの指示に従い、特設市《フリーマーケット》の一角で外套《マント》を広げ、その上にバックパックから出した品物を並べていく。気乗りしない声を出しながら、ティオネは周囲の光景と同様に露店を始めた。

「お姉サーン、これいくらアルー？」

「ん～……五〇〇ヴァリスくらい？」

「高い、半分にまけてよ！　そんなんじゃ手が出ないってば！」

「んん～っ……ええいっ、じゃあそれでもってけ！」

露店を開いて数分、訪れた最初の客に、ティオナは女性ものの服を売った。

金額設定などしておらず、考えなしの思い切りのいい声に、二人の少女《ヒューマン》は『やった！』と手を取り合って喜ぶ。その後も女性用の衣類は好評で、何点か買い取られていく。

あー、あれはリーネの肩掛《ストール》だなー、あっちは多分ラクタの装身具《ブローチ》、こっちはレフィーヤの服《ワンピース》……そういえば最近胸元《むなもと》苦しそうだったなー……本当に大きくなってる、ぐぬぬぬっ……と。

手に取られていく同僚達の古着を眺めなら、品物とヴァリス金貨を交換していく。

なんだ、簡単に売れるじゃん――と、そう思えていたのも最初だけだった。

間もなく客足は途切れ、ティオナはすっかり暇を持てあますようになる。

時折、冒険者らしき者達が足を止めていくのだが、

「おいっ、見ろよモルド！　上等もんのブロードソードだ、掘り出しもんだぜ！」

「ほほう、こんな蚤《のみ》の市《いち》にも足を運んでみるもんだぜ――って、げえぇっ⁉　【大切断《アマゾン》】⁉」

と大体《だいたい》似たような反応を残して一目散に立ち去っていった。自分の顔を見ては全力逃走する彼等に、「なにさっ、もーっ」とティオナは盛大に口を尖らせ、不満気な表情をする。

敷かれた外套《マント》の上、そして背後のバックパックにはまだ沢山の品が残っていた。

「場所が悪いのかなー……それとも、あたしも呼び込みしてみる？　このピカピカの戦闘衣《バトル・クロス》なんか売れそうなんだけどなー」

露店を開いている場所は特設市《フリーマーケット》の中でも隅の隅、建物の陰だ。人通りの良いところは他の露店商に埋めつくされていたのである。盛んに売買を行う店主達《ライバル》をじっと観察し、大声での呼び込みや、並べる品物を変えてみたりするものの、成果は全く上がらなかった。

「はぁ～、駄目だぁー。やっぱりあたしには無理だよー」

人目もはばからずその場に大の字に転がる。商才なんて自分にあるわけない、としばらく自暴自棄《じぼうじき》になっていたが、実姉《ティオネ》の『ほら言ったじゃない』『お金を稼ぐって難しいのよ』『これにこりたら私の言うことを聞くことね？』とニヤニヤする顔が頭の中で浮かび上がり、ぐっと瞳

が吊り上がる。負けるもんかーっ、と気炎を吐いてババッと身を起こした。

場所を変えよう、とバックパックに品物を全て詰め込んで、ティオナは移動を開始した。

「特設市《フリーマーケット》の方でも、色んなもの売ってるんだ」

空いている空間《スペース》を油断なく探す傍《かたわ》ら、売られている品物の類には驚きと発見がある。自家製と思われる果物瓶《ジャム》に趣味の絵画、工芸品。迷宮《ダンジョン》の『ドロップアイテム』と称して獣の牙や爪を売る詐欺師《さぎし》には呆れてしまうが……誰にでも参加できて何でも商品として並べることができるらしい。共通していることは相場より値段が低価格であるということだ。

噴水が設けられた広場を掠めながら、物珍しげに顔を振っていると……ぴたり、と。

ティオナはある店の前で足を止めた。

「本《ほん》……」

眼鏡をかけた穏和そうな青年《エルフ》が並べているのは、いくつもの分厚い書物だった。

難しそうな哲学書から挿絵《さしえ》がついた薬学書まで、色とりどりの装本。狭い台座の上に平積み、あるいは背表紙を縦にしてぎっしり陳列されている光景はティオナの意識を引っ張る。

不意に蘇《よみがえ》るのは今朝方《けさがた》見た夢だった。幼少の頃かき集めた、思い出の物語の数々。

（あっ、英雄譚……）

小型の画架《イーゼル》を利用して置かれている革張りの本、紋章が刻まれた表紙に視線が吸い込まれる。

見覚えのある金字の題名《タイトル》──『理想郷譚《アルカディア》』──を見て、ティオナの体は自然に動いていた。

露店の前に歩み出て、その英雄譚に手を伸ばした──次の瞬間。

横から伸びてきたもう一方の手と、見事にぶつかった。

「「えっ？」」

こぼれ出た言葉も重ね合わせながら、驚くティオナは真横を見る。

次いで、更にぎょっとした。

隣にいたのは、黒鉄《こくてつ》の大兜《フルフェイス》を被った、奇妙な格好の人物だったのだ。

ティオナと同じく英雄譚を手に取ろうとした謎の人物は、慌ててその場から立ち上がる。

「すっ、すいません⁉　僕っ、お金ないのでっ……ど、どうぞ！」

「あ……ああ、うん」

少し高い少年の声で、彼は本の購入権を譲ろうとする。単に手が伸びてしまい買おうとまでは思っていなかったティオナは、面食らっていたのも手伝って、ぎこちない声をこぼした。

自らも立ち上がり、目の前の人物をあらためて観察する。身長はティオナと同じくらい、その身のこなしからして、きっと冒険者だ。まるで『闇《やみ》の騎士』という言葉を彷彿《ほうふつ》させる真っ黒な兜《かぶと》は頭全体を覆い、口もと以外《いがい》肌が覗いていない。髪も、瞳も、全て隠れてしまっている。

まじまじと見つめた後、ティオナは思わず疑問を口にしてしまう。

「兜だけ被《かぶ》って、熱くないの？」

冒険者の中には『武具は体《オレ》の一部だ‼』という熱い主義を掲げ、日常生活から鎧《よろい》を纏《まと》う者も少なくないが……それにしても目の前の少年は中途半端だった。身に纏っているのは兜のみで、首から下はただの服なのだ。不調和《ちぐはぐ》過ぎる。

上空から照りつける太陽がじりじりという熱光線を放ってくる中、少年は、うぐっと言葉に詰まった後……恥ずかしそうに呟《つぶや》いた。

「その、取れなくなっちゃって……」

「……はっ？」

「じゃあ、商品を試しに被ったら、脱げなくなっちゃったってこと？」

「は、はい……」

露店の前から広場に移ったティオナは、少年から事情を聞いていた。

何でもとある露店の前でこの兜を発見し、興味を引かれて装着してみたら、外せなくなってしまったとのことだ。やむなく店主には高い支払い金を渡し、今は無一文らしい。

ティオナは目の前の兜を、断りも入れずガシッと摑《つか》んで、思い切り引っ張った。

「んぎぎぎっ……！」

「いだだだだだだだだだだだだだだだあっ⁉」

両手で引っ張ってもびくともせず、少年の悲鳴だけが飛散する。

第一級冒険者の力をもってしても脱着できない兜に、ティオナは目を見開いて叫んだ。

「この兜、絶対呪詛《カース》がかかってるって!! 『呪《のろ》いの道具《アイテム》』だよ、これ！」

「の、『呪いの道具《アイテム》』……!?」

魔術師《メイジ》等《とう》が作る魔道具《マジックアイテム》の中にはタチの悪い効果を発揮するものがある。その総称が『呪いの道具《アイテム》』だ。作成者の意図とは別に宿る副産物の効力もあれば、故意に施された制限もある。

最近は娯楽に飢《う》える主神《かみ》が愉快犯《ゆかいはん》で眷族に命令し、呪詛《カース》をかけさせるのがほとんどだが。

装備したら外れなくなる……『呪いの道具《アイテム》』の典型的な効果だ。

少年は特設市《フリーマーケット》に出されていた呪われた装備品を、運悪く摑《つか》んでしまったらしい。

「久々に見たなー、この手の防具……。何か他に変な呪いはかかってない？」

「え、えっと……実は、視界に映る人が、全部《ぜんぶ》違って見えてっ……」

どういうこと？　と首を傾げるティオナに、少年は詳しく説明した。

「種族とか、顔立ちとか、その人の本当の姿とは、別の姿に見えるみたいなんです。さっき露店で本を売っていた人、僕には獣人の男性に見えていたんですけど……どうでしたか？」

ティオナは目を見張った。あの露店の店主はエルフの青年だ。

兜を売っていた店主が、装着した途端《とたん》別人になり、彼はこの呪いに気付いたそうだが……。

「……ん？　じゃあ、今のあたしは何に見えてるの？」

「あー、その…………エルフの、女の子に」

「エルフ？　あたしが？　……ぷっっ、あっははははははははははっ！」

この自分が、エルフ!!

ティオナはお腹を押さえて笑った。女戦士《アマゾネス》である自分にとってエルフなど対極の存在だ。

だが——同時に合点《がてん》がいった。冒険者である少年が『げえっ、【大切断《アマゾン》】!?』だとか言って逃げ出さないのは、自分を第一級冒険者《ティオナ・ヒリュテ》だと認識できていなかったからである。

恥ずかしがっているのか立ちつくす少年の前で、ティオナは涙が浮かぶ目尻を拭う。

「あ、あの、この兜って、どうすれば取れるんでしょうか……？」

「んーと、魔薬《モーリュ》を使った道具《アイテム》か、魔術師《メイジ》か治療師《ヒーラー》に解いてもらうのが普通だけど……」

顎《あご》に指を当てたティオナは、困り果てている少年を窺《うかが》った後、よしっと笑った。

「あたしの友達にすごい治療師《ヒーラー》がいるから、紹介してあげる。呪詛《カース》の解呪、頼んでみるよ」

「ほ、本当ですか!?」

体を乗り出してくる少年に向かって、「ただし！」とティオナは指を立てる。

「あたしのやること、手伝ってよ。今日中にこれ全部、売らないといけないんだ」

背に担いでいるバックパックを担ぎ直しながら、交換条件を突き付ける。

品物を売り切らないと困るというのは本当だ。だがそれは建前で、ティオナはこの変わった少年と別れるのが惜しいと思っていた。

自分のことをエルフと勘違いしているなんて笑えてくるし、本音を言えば少し浮かれもする。

自分に対して逃げ出さない見ず知らずの冒険者というのも、ティオナにとって新鮮だった。

何より――英雄譚を切っかけにした出会いが、ティオナに幼心を思い出させるくらいには、舞い上がらせていた。

どう？　と下から顔を覗き込んで尋ねると、驚いていた少年は、すぐに顔を縦に振った。

「わかりました。僕なんかで良かったら、手伝います」

「決まりだね！　よろしくっ！」

ティオナは少年の手を両手で掴み、ぶんぶんぶんっ、と相手の体ごと上下に揺らした。


少年とティオナはまず、露店を敷く陣地を探しに、特設市《フリーマーケット》を歩き回ることにした。

「じゃあ、君も英雄譚が好きなんだ？」

「はい、祖父《そだてのおや》によく読んでもらって……さっき売られていた本も、懐かしくなっちゃって」

つい手を伸ばしてしまった、と唇《くちびる》をはにかんだ形にしていた少年は、そこで気が付いたように「あの……」と尋ねてきた。

「ん？」

「名前、教えてもらっても大丈夫ですか？　なんて呼べばいいか……」

うーん、とティオナは悩んだ。嫌というわけではないが、今に限っては第一級冒険者の名《ティオナ・ヒリュテ》は

伏せていたい。この妙に面白い関係をもっと続けていたい……そう思うティオナは、

「エルナ、だよ」

　少年に向かって、そんな名前を名乗った。

「……それって、もしかして、さっきの本に出てくる……？」

「あははっ、わかる？」

『エルナ』は先程売られていた書物、『理想郷譚《アルカディア》』に出てくる登場人物《ヒロイン》の一人だ。

英雄譚好きとあってしっかり見抜いてくる少年に、「さすが！」とティオナは誉めそやす。

苦笑を浮かべる彼は、ティオナの意向を汲《く》んだのか、彼女の悪戯《いたずら》に乗った。

「じゃあ……エルナさんはどうして、英雄譚が好きなんですか？」

「……あたし、今《いま》考えてみると結構物騒《けっこうぶっそう》なところにいてさ。娯楽って呼べるものがなかったんだと思う。そんな時、捨てられてた本をたまたま拾って、読んで、のめり込んじゃって……」

　誰もいなくなった闘技場に落ちていた本とも呼べない紙屑《かみくず》の塊。怪物《モンスター》や同族《アマゾネス》を倒す日々の中で拾った物語の欠片《かけら》と、闘争とはまた別種の興奮を、ティオナは今でも思い出すことができる。

　回想に耽《ふけ》っていたティオナは、少年が口を噤《つぐ》んでいることに気付き、場の空気を吹き飛ばすように話題を変えた。

「そういえばさ！　あたしがエルフに見えるって言うけど、どんな感じ？」

「あ、えっと……そうですね、髪は金色で、長くて、瞳の色は……」

少年の言う情報に、ふんふん、とティオナは相槌を打つ。

どうやら着ている服装や声音も変わっているようで、少年にはティオナが貞淑《ていしゅく》なエルフに見えているらしい。外衣《ケープ》にワンピース、声は心地《ここち》の良いソプラノだそうだ。

レフィーヤみたいな感じかな──そうティオナは思い浮かべ、ふふっと微笑を漏らした。

ややあって空間《スペース》を見つけ、露店の準備をする間も、ティオナ達は会話を続けた。何でも少年は契約していた仲間《サポーター》がいなくなってしまったらしく、思い当たる場所を全て訪れた後、知人の女性に気分転換も兼ねてこの特設市《フリーマーケット》に連れてこられたそうだ。そして例の兜を被ってしまい、その知人の姿も見失い、途方に暮れていたらしい。

仲間《サポーター》が見つからなくて不安ではないのか、と尋ねると、勿論《もちろん》ある、と少年は正直に答えた。でも、またすぐに会えるような気がしている、と彼はどこか朗らかに笑った。

仲間への信頼と想いを感じられて、ティオナもまた、釣られて微笑み返した。

そして、話を交わしながら露店を開くと半刻。

「ねっ、全然《ぜんぜん》売れないでしょ⁉」

「う～ん……」

粘ったが全く売れない有り様を、ティオナは少年に訴えた。

二人で客寄せをしても効果は薄く、迷宮界隈《ダンジョンかいわい》の者達はティオナを見て逃げる。

ここまでくると品の良し悪しではなく、客に自分達を見つけてもらえるかどうかという気もしてくるが……日当たりの悪い通路に構えた己の露店を見て、ティオナは唸《うな》って考える。

「……あの、それじゃあ、僕達の方から売りにいってみませんか？」

「えっ？」

「『魔石』なんかの換金みたいに……他の露店の人に、買い取ってもらうんです」

特設市《フリーマーケット》では、他者から買った品を自分の店で高く売る、という光景が往々にして見られる。品を買い取ってもらった側からすれば気分のいいものではないが、それは品の価値を見抜けなかったという側面もある。確かな目利きができる者達は、この方法で意外にも冒険者以上の収入を上げることができるらしい。『特設市《フリーマーケット》は宝の山』、彼等はそんなことをよく口にする。

「それって、商談ってことだよね？　ちょっと怖いけど、む～～んっ」

少年の提案は商人や商業系派閥《ファミリア》に迷宮の戦利品を買い取ってもらう商談と同義だ。一般人の露店が多い分、難易度《ハードル》は下がっていると思うが……団員達《ラウル》のように、上手い交渉術が自分にできるだろうか。どうせなら高く買い取ってもらって、あの姉《ティオネ》をぎゃふんとも言わせたい。

自信なく提案した少年の前で、散々《さんざん》悩んだティオナは、ぱっと顔を上げた。

「うんっ、やってみよう！　このままじゃ埒《らち》があかないし！」

待つのではなく、こっちから攻める。冒険者としての自分《ティオナ》なら迷わず選択する。

再び品物を詰め直し、ティオナは少年を引き連れて一発勝負に出た。周囲に広がる数ある露店の中でも、木で作られた小型の屋台――一番お金を持ってそうな店――に突撃する。

が、

「全部びみょー。合計一〇〇〇ヴァリスでなら買い取ってあげる」

「えーっ⁉　少なーい⁉」

ティオナと同じ、アマゾネスの少女の店主は、二十点以上の品々に対してそう告げた。

これならば、ティオナ自身がいい加減に売っていた方が遥《はる》かに儲かる計算である。

「ねぇ、いーじゃーん！　もっと高く買ってよ、同族のよしみでさぁ～！」

「だめだめ、ルルだって生活がかかってるんだもん」

「でも、ほら、この戦闘衣《バトル・クロス》なんて全然《ぜんぜん》使ってないよ⁉　ピカピカじゃん！」

「古《ふる》～い本に、ちょっとマシな冒険者の戦闘衣《おふる》、お金なんて出《だ》せませーん」

己をルルと呼ぶ店主は碌《ろく》に取り合わない。足もとを見られている、とティオナは直感した。

女戦士《アマゾネス》にしては幼い相貌《そうぼう》に、甘ったるい声、何より——豊満な体付き。

身長こそ同等だが、実る巨峰《きょほう》はあの姉《ティオネ》すら凌《しの》ぎ、無論ティオナなど比べるまでもない。

ぐぬぬぬっ、とあらゆる意味でティオナの負けん気に拍車《はくしゃ》がかかるが……駆け引きの材料もないこちらの方が圧倒的に不利だ。悔しいぃ～、とティオナは顔を真っ赤にしてしまう。

「あの……それじゃあ、この武具も付けるっていうのは、どうですか？」

と、二人のやり取りに圧倒されていた少年が、横からおずおずと切り出した。

「こ、これは……」

店主《ルル》が初めて目の色を変える。ティオナはティオナで「あ、忘れてた」と少年に持ってもらっていた都市最大派閥《ロキ・ファミリア》の装備品について呟きを漏らす。

鋭い光を放つブロードソード、欠けた跡のある盾。寸法《サイズ》が合わなくなったなど蔵入りした理由は様々だが、『遠征』には持っていけないというだけでまだ十分に使える上等の武具だ。価値はまだすこぶる残っている──それが店主《ルル》の反応からわかる。

「この装備品と全部《ぜんぶ》合わせて……もう少し、その、高く買い取ってもらえたら……」

これは後で聞いたことだが、少年はつい最近《さいきん》高額の精神力回復薬《マジック・ポーション》と合わせて回復薬《ポーション》を二つ購入したらしい。その経験から、価値の高い品に低い品を付属させることで買い取ってもらう、という方法を考えついたとのことだ。

少年の要求を聞き、ぐっ、と店主《ルル》が揺れるのをティオナは見逃さなかった。本来なら真っ当な武器屋で買い取ってもらってもおかしくない上級冒険者の中古品である、是《ぜ》が非《ひ》でも手に入れておきたいのだろう。

「ふ、ふーん……まぁ、それだったら三〇〇〇〇くらいは──」

「三十万!!」

いっ、いっ、いっ、
吹っかけた。

『カドモスの皮膜』を売った姉《ティオネ》を真似《まね》るがごとく、ティオナは十倍の売値を叩《たた》きつける。

店主《ルル》がくわっと目を見開き、少年も兜の下でぎょっとしたのがわかった。

「そ、そんな大金積《つ》めるわけ……‼」

「出してくれないなら、他のところ行っちゃうもんねー！」

今度は店主《ルル》が「ぐぬぬぬっ」と震える番だった。ティオナは逆にしてやったりと笑《え》む。

やり取りにうろたえる少年を他所《よそ》に、互いに睨《にら》み合うアマゾネスの少女達。

「…………いいよ、ルル、三十万出《だ》してあげる」

長い睨み合いを経《へ》て、店主《ルル》の方が折れた。屋台の卓の上に金貨が詰まった袋を置く。

しかし、彼女の顔には不敵な笑みがあった。

怪訝《けげん》そうな目をするティオナの前で、「ただし！」と言って勢いよく立ち上がる。

「ルルも貴方《あなた》達に買物させるよ！　お代は……ルルの買値の割引権《わりびきけん》‼」

「……なに言ってるの？　そんな買物、するわけないじゃん！」

三十万の買値を減額させる。つまりはそうのたまう相手に、ティオナが反論すると「ふふん」と店主《ルル》は勝ちを確信している笑みを見せる。彼女はててててと屋台を回り、ティオナの正面に現れ——通り過ぎると、兜の少年の手を取って、ぎゅっと抱きしめた。

「はぁ⁉」

「いいっ⁉」

「ねぇ僕《ぼく》ぅ、ルルの買い取りのお金、減らして？」

ティオナ、そして少年の叫び声が響く中、店主《ルル》は頬《ほお》を染めて、一層《いっそう》甘ったるい声を出した。

しなを作り、上目遣い。これでもかと胸の谷間を見せつけ、体も密着させ、色香まで振りまき――少年《おとこ》を悩殺しにかかる。

「お代を払ってくれたら……ルルの体、い～っぱい好きにしていいよ？」

――こ・の・女!!

ティオナは大噴火しそうになった。色仕掛《いろじか》けである、女豹《めひょう》である、外道《クソッタレ》である！

店主《ルル》は己の一番の武器をわかっている。その体という凶器で少年を『魅了』するつもりだ、言質《げんち》を取って体を僅《わず》かでも触れさせたら、「交渉成立！」と宣言し言い値を値切るつもりだ！

何たる悪魔の所業！　ド貧相《ひんそう》なティオナをしっかり侮辱《ぶじょく》してくるオマケ付き!!

怒りと敗北感、そして心を許していた少年が他の女に屈するという絶望感。それらがティオナの行動を致命的に遅らせ、制止の言葉を間に合わせない中。

少年は、震える唇を開いた。

「け……結構です……や、止めておきます」

引きつった声で、そう断った。

「……へっ？」

断られると思ってもみなかったのか、店主《ルル》は目を丸くし、硬直する。

同じく固まっていたティオナも、そっと店主《ルル》から身を引く少年を見て――歓喜した。

「へっ、へっへ――んっ!!　そんな汚い手を使っても駄目なんだから！　じゃあお金、もらっていくからね‼」

「な、なんでぇ⁉　どうしてぇ⁉　ルルの体、興味がないっていうのぉ⁉」

涙目で『そんな‼』と衝撃に打ちひしがれる少女の目の前で、ティオナは金貨の袋を鷲掴《わしづか》みする。へなへなと崩れ落ちる店主《ルル》にべーと舌を出し、少年の手を取ってその場から駆け出した。

「あっはははははっ！　気持ちいい～！　完全勝利だよ、あたし達‼」

「は、ははは……」

しばらく走った後、足を止め、ティオナは苦笑する少年に満面の笑みを見せた。

「でもさぁ、よく君、誘惑に負けなかったね？　あのアマゾネス、あたしから見ても……その、すごい色っぽい感じだったけど」

色仕掛けを見事に拒絶してのけた件を尋ねると、少年は、言葉を詰まらせた。

「あの人……アマゾネス、だったんですか？」

申し訳なさそうなその声を聞いて、ティオナは「あっ」と目を見張る。

そうだった。少年は呪いの兜のせいで、目に映る者が全て異なった姿に見えているのだ。

「じゃ、じゃあっ、あのアマゾネスは何に見えてたの？　もしかして、男？」

「いいえ、女の人では、あったんですけど……」

言葉を散々《さんざん》濁した少年は、そっとティオナに近寄り、耳もとで呟いた。

「すごく体格《がたい》がいい、筋肉女性《ドワーフ》に見えてて……」

ティオナは、今度こそ腹がよじれるほど、大笑いした。


ティオナの用件が片付き、今度は少年との約束を果たす番となった。

例の商談から彼とすっかり打ち解けつつ、友の治療師《ヒーラー》を訪ねるため特設市《フリーマーケット》を出ようとする。

「んん？　あれって、もしかして……お～い、アミッド～!!」

優れた視力が人込みの中から、とある知人の姿を見つけ出す。

手を振りながら駆け寄ると、白銀の髪の少女、アミッドは驚きながら振り向いた。

「ティオナさん……？」

「アミッドも自由市《ここ》に来てたんだ！」

ティオナが呪詛《カース》の解除のため訪ねようとしていた腕のいい治療師《ヒーラー》とは、彼女のことである。

「主神様《ディアンケヒト》からお暇をもらって、息抜きに特設市《ここ》へ……」と話すアミッドに、ティオナは「ちょうど良かった！」と事情を説明する。

置いていかれていた少年が遅れてやって来る中、アミッドは「なるほど」と頷いた。

「事情はわかりました。では一度《いちど》、私達の店へ向かいましょう。そこで治療《ちりょう》を――」

「――うちの顧客に何してるの、アミッド」

と、そこでアミッドの言葉を遮る、険のこもった声が響く。

ティオナ達が振り返ると、そこには大きな紙袋を抱えた犬人《シアンスロープ》の少女がいた。

「……ナァーザ・エリスイス」

「色々なものを私達から奪っておきながら、まだ足りないの？　その客は渡せないよ……」

何か調合にでも使うのか、沢山の薬草や果実を紙袋の中から覗かせる非好意的な相手に、硬い声を出すアミッド。

そんな彼女が呼んだ名に、「ナ、ナァーザさん？」と少年が反応した。

「僕のことっ、わかるんですかっ？　というか、ナァーザさんもエルフだったたんですね……」

「ん、匂いでわかるよ……なに言ってるのかはわからないけど」

二人の会話を聞いて、ティオナはぴんと来た。気分転換がてら少年をこの特設市《フリーマーケット》に連れてきた知人の女性というのが、彼女のことなのだろう。兜で顔を隠している少年に対し、犬人《シアンスロープ》の少女はすんすんと鼻を鳴らす。

そして彼女もまた事情を聞くと、少年の手を引っ張って、ティオナ達に背を向けた。

「行こう。商売敵《ディアンケヒト》の連中に世話になる必要ない、呪詛《カース》なら私の薬でも解ける……高いけど」

「ちょおっ⁉　ナ、ナァーザさんっ⁉」

「……！」

ティオナは連れて行かれてしまう少年に対し、片腕を上げかけ……下げた。慌ててこちらに振り返り、頭を下げる彼は、雑踏《ざっとう》の奥に消えていく。

その場には、立ちつくすティオナとアミッドだけが取り残された。

「……アミッド。あの犬人《シアンスロープ》の人とは、知り合いなの？」

「色々な、因縁《いんねん》がありまして……憎まれているとは思います」

珍しく複雑そうな目付きをしていたアミッドは、ややあって溜息をつく。あまり喋りたくない空気を言動の端々から感じ取り、ティオナはそれ以上《いじょう》言及しようとはしなかった。

「……あ」

「ティオナさん？」

名残惜《なごり》しい気持ちと、でもまぁしょうがないのかなという達観した気持ち、二つの感情を混ぜ合わせ苦笑していたティオナは、そこではたと動きを止めた。アミッドの横で、呟く。

「名前、聞くの忘れてた……」

固まっていたティオナは、アミッドに見守られながら、やがてうっすらと微笑んだ。

愉快な一時《ひととき》を過ごし、お互いの名前も知らないまま、お別れする……どこか物語《ロマンス》じみた少年との時間に、にししっ、と笑みが溢れてくる。宝物が一つ、増えた気分だった。

またどこかですれ違うのかもしれない、そう思いながら歩き出す。「アミッド、買い物ちょっと付き合ってよ」と声をかけ、少年と歩いた道をなぞり始めた。

「何を買われるんですか？」

アミッドの問いかけに、頬を染めて、笑みを咲かす。

「思い出《おもい》になった物語、買っていこうと思うんだ」

幼い頃の自分を取り戻しながら、ティオナは一冊の英雄譚《ほん》を手に入れた。

外伝
4巻
聖女にもわからないことがある
アニメイト購入特典
Who is your rival ?
ゲーマーズ購入特典
大乱闘スマッシュアドベンチャーズ
とらのあな購入特典
決戦前夜の攻防
Amazon購入特典
イラスト：はいむらきよたか

聖女にもわからないことがある

「あの、アミッド……いいかな？」

己を訪ねてきた少女に、【ディアンケヒト・ファミリア】の治療師《ヒーラー》、アミッドは首を傾《かし》げた。

日はとうに暮れた時間帯。派閥の治療《ちりょう》院の店じまいに取りかかろうとしていたアミッドは、懇意《こんい》にしている第一級冒険者の訪問を不思議に思いつつ、別室に通し、二人きりとなる。

派閥の『遠征』が迫っている筈《はず》のアイズは、こんな時間に訪れた目的を明かす。

「冒険者の、怪我《けが》の手当ての仕方……教えてくれない、かな？」

「応急処置ということですか？　売り込みとは違いますが、回復薬《ポーション》ではいけないのですか？」

「うんと、回復薬《ポーション》はあまり使わせたくなくて……」

訓練だからごにょごにょと言う少女に、事情を何となく察したアミッドは笑って了承した。

身の丈は一五〇C《セルチ》にも届かず小柄だが、アミッドの歳はこれでも十九である。有能な治療師《ヒーラー》として派閥の迷宮探索にも度々随伴《ずいはん》し、能力《ステイタス》はLv．2。複数派閥連合による階層主討伐、その中で瓦解した戦線を身の危険も顧《かえり》みず、類い稀《まれ》なる治療魔法でたった一人支え続けた偉業《いぎょう》を評価され、神々からは【戦場の聖女《デア・セイント》】の二つ名を賜っている。

治療師《ヒーラー》として、年長者として自分を頼りに来てくれたことは、素直に嬉しいことだ。

「あの、アミッド、それと、えっと……」

「どうぞ。聞きたいことがあるのでしたら、おっしゃってください」

二つ名の通り聖女のように優しく微笑《ほほえ》みかけると、アイズは意を決して顔を上げる。

「正しい膝枕《ひざまくら》のやり方、教えてくれない？」

「えっ」

と、脈絡のないぶっとんだ質問にアミッドは固まる。膝枕など親等《とう》にされたことはあるが、一角獣《ユニコーン》くらいにしかしたことはない。何をもって正しいと言うのかもわからない。

顔をほんのり赤らめる相手と同様、頬《ほお》を染めるアミッドは謝って断ろうとしたが――治療師《ヒーラー》として、年長者として自分へ期待の眼差《まなざ》しを送ってくるアイズに、「うっ」と言葉に詰まる。

汗を流し視線を左右に振っていたアミッドは、ややあって、頷《うなず》いてしまった。

「わ、わかりました……お教《おし》えしましょう。お、お手本を見せますので……アイズさん、どうか私の脚《あし》の上に……」

「主神様《ディアンケヒト》。先程部屋《へや》を訪ねたら、俺達のアミッドが【剣姫】に膝枕していたんですが」

「何を言っているのかよくわからんが、何故《なぜ》お前は鼻血を流しているのだ？」

団員の言葉に老神が聞き返すと、彼はイイ表情で「とてもいいものでした……」と呟《つぶや》く。

後日、誇張された噂《うわさ》が出回り、聞きつけた男神達《おがみ》が「百合《ユリ》の花園はここかー!?」とわけのわからないことを叫び治療院に押しかけるようになるのだが、それは別の話である。

Who is your rival ?

「リヴェリア様、ここの詠唱式について教えて頂けませんか?」

「あ、ああ……」

『魔法』の分厚い専門書を手に迫ってくるレフィーヤに、リヴェリアはぎこちなく頷いた。

深夜の【ロキ・ファミリア】のホーム。『遠征』の計画表を羊皮紙に綴《つづ》っていたリヴェリアの自室をレフィーヤが訪れてきたのは先程のことである。

窓の外はすっかり暗くなり室内の魔石灯の光が揺らめく中、目が据わっている同族の少女にリヴェリアは確かに気圧《けお》されてしまっていた。

今日だけではない。少女は連日《れんじつ》日中はどこかへ出かけ、夜はこうしてリヴェリアのもとを訪ねて教授を仰いでくる。ここ数日のレフィーヤの学ぶ姿勢、鍛練の意志には目を見張るものが——というより鬼気迫るものがある。

「レフィーヤ……寝ているのか?」

「一時間は寝ています」

「馬鹿者っ」

遠征前だぞっ、と声を上げる。昇華している能力《ステイタス》によって常人より身も心も遥《はる》かに強靭《タフ》であり、体力もあるが、それでも限度がある。遠征前に疲労を残すなとリヴェリアは口酸っぱく告げた。当の本人は教えた箇所《かしょ》の専門書を凝視して聞いちゃいなかったが。

（だが……いい傾向ではあるか）

目の前で立ったまま学修に耽《ふけ》る姿には頭が痛くなるものの、リヴェリアは胸《むね》の内で笑みを浮かべる思いだった。アイズ達に追いつきたいという強い意志は今まであった、だがこのような『負けたくない』という気概、がむしゃらさは以前までのレフィーヤにはなかったものだ。

よほどいい競争相手が見つかったのだろう、とリヴェリアは目を瞑《つむ》り微笑する。

やがて理解することができたのか、「ありがとうございました」と頭を下げ部屋を後にしようとするレフィーヤだったが──その去り際、ぴたりと立ち止まって、尋ねてきた。

「リヴェリア様。つかぬことをお聞きしますが……昔、兎《うさぎ》は呪術《じゅじゅつ》──魔術儀式の生贄《いけにえ》にされていたんですよね？」

「ああ。魔女と名乗る魔術師《メイジ》達が薬や魔道具《マジックアイテム》の原料にしていた。それがどうかしたのか？」

尋ね返すと、神妙《しんみょう》な顔で黙っていたレフィーヤは、顔を上げた。

「兎本人を呪《のろ》う道具に、心当たりはありますか？」

「お前は何《なに》と戦っているんだ」

今まで以上に鬼気迫る表情で問うてくる同族の少女に対し、この娘《むすめ》のことがわからない、とリヴェリアはこの時《とき》初めて思った。

大乱闘スマッシュアドベンチャーズ

20階層。

「うりゃああああああああああ――っ!!」

25階層。

「がるぁああああああああああ――っ!!」

30階層。

「このおおおおおおおおおおおおおおおおおおおおおおっ!!」

「うぉおおおおおおおおおおおおおおおおおおおおおおっ!!」

40階層。

「「邪魔《じゃま》だぁあああああああああああああああああああああああああっ!?」」

ボコボコにされた異形達が倒れ伏すダンジョン深層域。大双刃《ウルガ》と銀靴《フロスヴィルト》を振るい回し二人で怪物《モンスター》を屠《ほふ》りまくっていたティオナとベートは、獲物を奪っては攻撃の邪魔をする相手に怒鳴り散らした。

『遠征』に突入して既に四日目。『上層』にてとある少年の冒険に当てられた彼女達は、持てあます熱に促《うなが》されるまま遭遇《エンカウント》するモンスターを片っ端から殲滅《せんめつ》していた。出番を奪われる第二級以下の団員達はその迫力と形相に気圧《けお》され汗を流すばかりである。居ても立ってもいられなくなっている第一級冒険者達は、『遠征』など関係ないとばかりにひたすら戦い続けていた。

「あ、あのっ、ベートさんっ、ティオナさんっ？」

「なんだっ⁉」

「なにっ⁉」

「い、いやっ、あっちでティオネさんが一人モンスターを倒しまくってるっスけど……」

「「あああぁ――――――――――――――――――――っ⁉」」

怯《おび》えるラウルが示す先、ベートとティオナが争っている他方でティオネが悲鳴を上げるモンスターの大群に襲いかかっていた。少年の冒険を見て同じように血を滾《たぎ》らせている女戦士《アマゾネス》の姿に、ティオナ達はやらすかとばかりに戦場へ突貫した。

「……これでアイズが加わったら、どうなってしまうんじゃ」

「一応、負担と言えるものはティオナ達だけにとどまっているが……」

「ンー……頭が痛い」

前方で暴れまわるティオナ達、そして横でうずうずたたずんでいるアイズを横目に頭を痛めるガレス、リヴェリア、フィン達首脳陣。彼等の口から嘆息が途切れることはない。

「ははは、本当にお前達のところは愉快《ゆかい》な【ファミリア】だな？」

「ううっ、反論できないっす……」

同行者達《ヘファイストス・ファミリア》を率いながらケラケラ笑う椿《ツバキ》の言葉《コメント》に、ラウルは深く項垂《うなだ》れるのだった。

決戦前夜の攻防

「ティ、ティオネさんっ、本当に忍び込むんですか……⁉」

「ちょっとだけ、ちょっとだけよ、団長の寝顔を拝んだらすぐ帰るから……！」

（絶対そのまま寝るつもりだ……！）

ダンジョン50階層、野営地。見張りの目をやり過ごしながらこそこそと根拠地《ベース・キャンプ》を徘徊《はいかい》するティオネ、そして半ば強引に同伴させられているレフィーヤの姿がそこにはあった。

彼女達の目的地は小人族《パルゥム》の団長が就寝している大型テント、本営である。

未到達領域への進攻《アタック》前夜である。明日《あす》の深層攻略に血の滾《たぎ》りを抑えられなかったのか、ティオネは想い人の寝床侵入を断行してしまっていた。彼女と同じ天幕で寝る筈《はず》だったレフィーヤはどうしてこんなことにと嘆く思いであった。

ふふっ、ふふふふふっ……⁉　と不気味に笑う本能に従順な女戦士《アマゾネス》に、あの小さな団長を抱き枕代わりにする未来を予見しつつ、とうとう本営へ辿《たど》り着いてしまう。

「や、やっぱり止めましょうティオネさん……⁉」というレフィーヤの制止虚《せいしむな》しく、ティオネは灯りが消されたテント内へがばっと侵入した。

「――で、何しに来たんだ、お前達は？」

「リ、リヴェリアアッッ⁉」

「リヴェリア様⁉」

しかし、彼女達を本営で待ち受けていたのは眠りこける愛らしい小人族《パルゥム》ではなく、絶対零度の眼差《まなざ》しを向ける王族《ハイエルフ》だった。

「そ、そんなっ、団長はっ……⁉」

「親指が疼《うず》くと言って別の天幕に移った。全く、進攻《アタック》の前夜だというのにお前達は……！」

「ううっ、私はそんなつもりは微塵《みじん》も……！」

うろたえるティオネと涙を流すレフィーヤに、次の瞬間リヴェリアの雷が落ちる。

団長ぉー⁉　という叫びが響く中、少女達は可及的《かきゅうてき》速やかに天幕へ追い返され、強制的に寝かされるのだった。

「で、本当に手前達《てまえ》の天幕で寝るのか、フィン？」

「ああ。迷惑をかけるけど、頼むよ椿《ツバキ》」

一方、危機を先読みし別派閥《ヘファイストス・ファミリア》の天幕にお邪魔《じゃま》させてもらっているフィン。男女の鍛冶師《スミス》達の何とも言えない視線を浴びる彼は、溜息《ためいき》を堪《こら》えた表情で一泊の許可を椿《ツバキ》に頂戴した。

「ふっふっふっ。では、宿代としてお前を抱き枕にさせてもらうぞ？」

「あっ」

【勇者《ブレイバー》】一生の不覚であった。

外伝
5巻
私も入れて
アニメイト購入特典
犬の恩返し？
ゲーマーズ購入特典
怨敵呪うべし。慈悲はない
とらのあな購入特典
王族と敬愛
一般店舗共通購入特典
イラスト：はいむらきよたか

私も入れて

「ねぇねぇ、アルゴノゥトくーん！　昨日の話の続きなんだけどさー！」

「あ、はい、何ですかティオナさん？」

会話をするティオナとベルを——アイズはじーと見つめていた。

ヘスティア達《たち》救助隊が18階層にやって来た翌朝のことである。朝食を済ませた野営地で、後片付けを終え手持ち無沙汰《ぶさた》にしていた少年に、ティオナがにこやかに話しかけている。

肩《かた》と肩が触れ合いそうな少年と少女に、アイズの瞳《ひとみ》は気付けば釘付《くぎづ》けとなっていた。

何というか、距離感が妙に気になる。

あれである。自分に懐いていた野生の子兎《ペット》が、他の者にも懐いてしまったような……。

寂しいような複雑なような、とにかく正体不明の感情を持てあまし、そわそわしてしまう。

意気投合し、非常に仲睦《なかむつ》まじげに会話するベル達に対し、ややあって意を決するアイズ。

何とか二人の話題に割り込んで、仲間に入れてもらおうとするが——。

「じゃあ理想郷譚《アルカディア》のエルナが仮面の騎士に出会う話《はなし》知ってる？　名前を知らずに別れちゃうやつ」

「えっ、そんな話ありましたっけ？　あっ、でも理想郷譚《アルカディア》なら骸骨《がいこつ》王のお話も僕は——」

（ぜ、ぜんぜん、わからない……）

——戦慄《せんりつ》がアイズを襲った。

幼い頃に母親から数々の童話を聞かされ、多少なりとも自信があったものの、全く話に付いていけない。主神《ロキ》がいつぞや語っていた『この世には愛好家《オタク》っちゅう筋金入りの専門家《スペシャリスト》がおってやなー』という言葉を思い出し、眼前で繰り広げられる会話に汗を流した。

すっかり蚊帳《かや》の外に追いやられ、体をぴょこぴょこと何度も上下させていたアイズは、

「じゃあアルゴノゥト君、永遠の眠り姫のお話は？　あたし、あの物語が——」

その聞き覚えのある物語に、神速で反応した。

「わっ——私も知ってる！」

ばっと身を乗り出し、大声で主張する。

そして、突如会話《とつじょかいわ》に割って入ってきたアイズに、ベルとティオナはきょとんとした。

二人の不思議そうな視線を前に、思わず声を張り上げてしまったアイズは、か〜っと。

珍しくも見事に、顔を赤く染めた。

「え、えっと、その……だ、だから……わたしも……」

真っ赤な顔をうつむかせ、消え入りそうな声で恥じらってしまう。

（かわいい）

（かわいい）

そんな少女にティオナはほにゃと笑い、ベルは真っ赤になって口もとを手で覆うのだった。

犬の恩返し？

「ちッ、やっぱり集まり切らねえか」

「毒妖蛆《ポイズン・ウェルミス》の解毒薬やしなぁ……」

日の光が降りそそぐオラリオの街角。ベートとロキは渋い声を出していた。

ベートが地上に帰還して既に一日。『毒』により18階層に残留する団員達を救うため自派閥《ロキ・ファミリア》総出で都市中を奔走しているが、成果は芳《かんば》しくない。もともと毒妖蛆《ポイズン・ウェルミス》は下層域の中でも産出数が少ない『稀少種《レアモンスター》』寄りの種族だ。今回の大量発生《イレギュラー》が特別なだけであって、同モンスターの体液《ドロップアイテム》から作られる解毒剤の製造数は限りがある。数を揃《そろ》えるのも一苦労だ。

「後は、解毒剤の予備を確保してそうな【ファミリア】に交渉するしかねえか……」

「かと言って正直に頼んでも、ここぞと足もと見られてふんだくられるか、後は嫌がらせでわざと出し渋られるか……どっちかやな」

都市最大派閥《ロキ・ファミリア》の足を引っ張ろうとする他派閥は多いことだろう。それにロキ達が解毒剤を買い占めていることを商人達がそろそろ察知する頃だ。間違いなく解毒薬の高騰《こうとう》が起きる。金に糸目をつけないが、そこまでいくと解毒薬確保の泥沼になるに違いない。

時間を更に浪費してしまう。目処《めど》がつかない解毒剤収集に、ベードは再度《さいど》舌打ちをした。

「他派閥や商人に顔が広くて、後は穏便に譲るよう交渉できる代理人がおればええんやけど」

それも沢山、というロキのその言葉を聞き――ぴくっ、とベートは頭上の耳を微動させた。

「ロキ、お前は戻って団員達《ロックス》と合流しろ。適当にまとめとけ」

「おっ、何か思いついたん？」

いいから行け、と主神と別れ、ベートは都市のとある場所へ足を向けた。


「げっ、【凶狼《ヴァナルガンド》】⁉」

【ヘルメス・ファミリア】のルルネは、本拠《ホーム》に殴り込みもとい押しかけてきたベートに悲鳴を上げる。一方的に事情を告げるベートは、たじろぐ彼女に解毒薬をかき集めるよう告げた。

「24階層で死にかけてたてめえ等《ら》を助けてやっただろ」

「た、確かに助けてもらったけどさぁ……！」

24階層の事件を持ち出され、呻《うめ》く犬人《シアンスロープ》の少女。正面玄関で繰り広げられるその光景を、他団員の小人族《パルゥム》の少女や虎人《ワータイガー》の青年が怯《おび》えながら窺《うかが》っていた。

「今はヘルメス様もアスフィもいないんだ、勝手な真似《まね》をするわけには……⁉」

「てめえ等がＬｖをだまくらかしてんのを、ギルドにバラすぞ」

「きたねぇー⁉」

結局解毒薬調達に強制協力、そして少なくない出費もさせられたルルネ達は後日、ヘルメスとともに18階層から帰還したアスフィに大目玉を食らうのだった。

怨敵呪《おんてきのろ》うべし。慈悲はない

「ティオネさん、邪魔者《じゃまもの》を粛清《しゅくせい》する方法ってご存知ですか……」

「何よ、いきなり？　物騒《ぶっそう》ねぇ」

18階層【ロキ・ファミリア】の野営地である。

少年《ベル》と女神《ヘスティア》達が現れた日の深夜。男神《ヘルメス》との面会から始まった話し合いを終え、二人で自分達の天幕に帰る最中《さいちゅう》、暗い瘴気《しょうき》を纏《まと》うレフィーヤにティオネは肩《かた》を竦《すく》めた。

「実は私の特別な人に付き纏う不躾《ぶしつけ》な輩《やから》がいるんです……それを完璧に排除するにはどうしたらいいのかなって」

「何よ、嫉妬《しっと》？　レフィーヤ、あんたちょっとは余裕を持った方が――」

「もし団長の周囲にそんな輩《やから》がいたら、ティオネさんはどうしますか？」

「――殺すわ」

ティオネの双眸《そうぼう》から光が消える。

「団長にすり寄ってくる発情した牝犬《めすいぬ》なんて八つ裂きにする。即時抹殺よ。団長が汚れてしまうもの。そうよ、絶対に許さない……」

「でも私達の特別な人はそんな輩が傷付いても悲しんでしまうかもしれないんです。とても優しいから……あの人が悲しむ姿は見たくない」

「くっ、厄介ね……団長の優しさに付け込むアバズレども、何て狡猾《こうかつ》なのっ」

互いに自分の世界に没入する少女達は、妄想上の敵との格闘を続ける。

「闇討《やみう》ち、奇襲……駄目ね、事件性を臭わせる時点で団長の耳に入ってしまう。二度と近付かないよう脅《おど》しても、相手が黙っている保証はないし……」

「警告の類も駄目なら……相手が自発的に身を引くように誘導、いえいっそ何か不幸が起きるように呪ってしまえば……」

「それよ！　呪えばいいんだわ‼　呪詛《カース》なら足がつかない‼」

「そういえば前にリヴェリア様から兎《うさぎ》を魔術儀式の材料にする話を聞きました……！」

「レフィーヤ、呪具ができたらぜひ私にも貸してね？　これなら団長に近寄る牝犬どもを――フフフフフフッ」

「頼むガレス……あれを止めてきてくれ」

「嫌じゃや。首領はお主じゃろ、自分で何とかしろ」

正気を失いながら不穏《ふおん》な会話をしているアマゾネスとエルフの少女を眺めながら、フィンが助けを求める。無二の友であるドワーフは近寄りたくないとばかりに半眼で突っぱねた。

片手で腹部をさする小人族《パルゥム》の団長の気苦労は絶《た》えない。

王族と敬愛

「では、フィン。体を清めに行ってくる」

ベルと救助隊等《ヘスティアら》が18階層に現れた日の深夜。リヴェリアはそう告げて野営地を後にした。

日中は我慢《がまん》し、こうして人目を忍ぶように一人で森の泉を目指しているのは、他のエルフに気取られないためだ。一族の王女が沐浴《もくよく》するとなれば王妃に奉仕する女中よろしく同族の者達が放っておかない。リヴェリアは王族《ハイエルフ》の里と変わらない扱いを嫌ったのである。が、

「リヴェリア様、お供します」「自分もぜひ」「わ、私も行きます！」

ぞろぞろと、リヴェリアの後に続く女性団員《エルフたち》の長蛇《ちょうだ》の列。いつ感付いたのか、Ｌｖ．４のアリシアから始まり下位団員の魔導士達、レフィーヤまで。リヴェリアは思わず眉間《みけん》へ手を添えた。

「お前達……いつも言っているだろう、私を王族《おうぞく》として扱うなと」

「ですがリヴェリア様っ、高貴な方ということを抜きにしても、可憐《かれん》な乙女がたった一人で沐浴するなど危険です！　ここは夜の森、下賤《げせん》な男達もとい怪物《モンスター》にリヴェリア様の肌が晒《さら》されてしまったら……!!」

「「「どうか私達を側に置いてください！」」」

懇願《こんがん》してくるアリシア達に王女《リヴェリア》は溜息《ためいき》をつき、時間の無駄だと悟って同行を許可した。

エルフ達が揃《そろ》って一礼する中、目的地に到着する。秘境の湧泉《ゆうせん》を彷彿《ほうふつ》させる狭い泉だ。

厳重な警備体制を敷くエルフ達に再び嘆息しながら、リヴェリアは脱衣に取りかかった。髪留めを解《ほど》くと、結わえていた翡翠《ひすい》の長髪が清流のように流れ、滑らかな背中の上を踊る。レフィーヤ達が感嘆の息を漏らすのを脇《わき》に、一糸纏《いっしまと》わない姿になったリヴェリアは沐浴を始める。

そして美しい裸身を潤った水で洗っていると——リヴェリアの視界に謎の人影が現れた。

「てっ、敵襲ッ——⁉」

見張りの呼びかけが直《ただ》ちに上がり、謎の人影もまた、すぐに森の奥へと姿を消す。

闖入者《ちんにゅうしゃ》の存在にエルフ達が怒り狂う中、相手の姿を見たリヴェリアは片目を瞑《つむ》る。

(あれは確か、救助隊の中にいた……覆面の冒険者？)

推察していると、相手が去った場所には、小さな水瓶《みずがめ》と羊皮紙の巻物が置かれていた。

「こ、これは『アルヴの清水《せいすい》』……⁉　ごくりっ、仕方ありません、私がまず毒味を……！」

「あ、アリシアさんズルイです⁉」「一人で飲もうとしてます！」

「な、何を言っているのですか⁉　私はただリヴェリア様のために……！」

地上を離れ二週間、エルフ達が恋しく思っている大好物、霊峰《れいほう》の清水を巡って言い合いが勃発《ぼっぱつ》する。彼女達を脇に、泉から上がったリヴェリアはもう一方の巻物を手に取った。

『敬愛なる王族《ハイエルフ》へ』

達筆な共通語《コイネー》でしたためられた手紙と、貢物《みつぎもの》の清水《せいすい》を見て、エルフの王女は呟《つぶや》いた。

「覆面の冒険者……一体何者なんだ」

外伝
6巻

イラスト：はいむらきよたか

小さな料理店《レストラン》での後日談

「ほらレフィーヤ、約束約束っ！　料理が美味《おい》しいお店、連れてってよ！」

闘国《テルスキュラ》の因縁《いんねん》に決着を付けた二日後。ティオナの要望で、アイズとレフィーヤ、ティオネは都市《オラリオ》に戻る直前に港街《メレン》で昼食を取ることにした。

「『料理店《レストラン》スコッタ』かぁ～」

「はい、ここのビーフシチューが格別なんです！　お値段は高いんですけど、さる文豪達が通いつめてたってくらい有名で……！」

興奮するレフィーヤの隣で、年季を感じさせる店から漂う香りにこれは期待できそうだとティオナ達が扉を開けると──そこには童女の女神と砂色の髪のアマゾネスがいた。

「カーリー!?　バーチェ!?」と真っ先に身構えるティオネだったが、

「戦うつもりはない。妾達《わらわ》は負けたのだしな。ここにはバーチェと飯《めし》を食いに来ただけじゃ」

最初はティオネ達に驚いていたカーリーが、気だるそうに害意はないと告げてくる。

時間をかけて信じたティオネが渋々構えを解く中、ティオナが「あれ、アルガナは？」と不思議そうに首を傾《かし》げると、女神《カーリー》と戦士《バーチェ》は遠い眼差《まなざ》しをしたまま終始無言であった。

ひとまず、間合いを保ったままアイズ達は隣の卓で注文を取る。

「まぁそうだよね、全部終わったんだしギスギスするのも止《よ》そうよ。それに、へへっ、あたしバーチェに勝っちゃったし～」

幼き日の師に勝てたのがよほど嬉《うれ》しいのか、悪気はなく勝ち誇るティオナ。

そんな彼女に対し、当のバーチェは静かな面様の中で確かにカチンとした感情を見せた。

やがて人数分の美味そうなシチューが届き「おぉ～!?」とアイズ達が感嘆していると──。

「──おかわり《アルグウ》」

一瞬で、バーチェの口の中にシチューがかき消えた。目が点になる【ロキ・ファミリア】。

布を取り払って晒《さら》した小振りな唇《くちびる》を舐《な》めるバーチェは、啞然《あぜん》とするヒリュテ姉妹を見つめたかと思えば、ちょいちょい、と上げた二本指を曲げ『二人まとめてかかってこい』とばかりにあおってきた。『戦士』以前に超負けず嫌いの妙齢《みょうれい》の女《アマゾネス》は既に臨戦態勢に入っている。

ぐぎぎぎっ、と歯を嚙《か》み締め、あっという間に闘争心が燃え盛るティオナとティオネ。

「あたし、ビーフシチューおかわり!!」「私はタンシチュー!!　五人前持ってきなさいっ!!」

「ティオナさぁーん!?　ティオネさぁーん!?　ここそういうお店じゃありませんからー!?」

「のう【剣姫】、闘国《テルスキュラ》に来んか？　妾《わらわ》のもとで闘争と強さを極めようではないか」「人を殺して強くなるのは、ちょっと……」「ちょちょちょっ何アイズさんを勧誘してるんですかぁあああ!?　絶対にダメです──!!」「もうあんた達っ帰ってくれぇえええええええええええ!?」

食の闘争を繰り広げる女戦士《アマゾネス》三人、傍観《ぼうかん》を決め込み派閥に勧誘《スカウト》する女神《カーリー》と渋る【剣姫】、そして憤激して喚《わめ》きまくる妖精《エルフ》。混沌《カオス》を極める店内で、最後に店主の泣き叫ぶ声が轟《とどろ》くのだった。

惚《ほ》れられた弱み？

ふう、とフィンは腰かけている椅子《いす》を鳴らし、小さく息をついた。

【ロキ・ファミリア】本拠《ホーム》『黄昏《たそがれ》の館』、その執務室である。西日が消え窓の外に宵闇《よいやみ》が広がっている中、フィンは羊皮紙に滑らせていた羽根ペンを止め、室内を見回した。

「部屋は、こんなに広かったかな……」

ロキやアイズ達が港街《メレン》に向かって既に三日目。何かと補佐を受け持ってくれる副団長のリヴェリアがいない代わりに、何かと部屋に押しかけては付き纏《まと》ってくるあのアマゾネスの少女、ティオネもいない。おかげで執務が捗ることこの上なかった。決裁を済ませた羊皮紙の山を執務机に築き上げるフィンは、しかし覇気《はき》のない呟《つぶや》きを落とす。

「フィン、すまんがこの鍛冶大派閥《ヘファイストス・ファミリア》との書類にも目を通しておいてくれ」

そこへ、ガレスが扉を開けて執務室に入ってきた。

「……なんじゃ？　物足りなそうな顔をしておるが、騒ぐ者がおらんせいか？」

「そう見えるかい？　だとしたら随分《ずいぶん》と毒されているなぁ」

面白そうに目を細めるガレスに、フィンは苦笑を浮かべた。実は今ガレスが入室する際に反射的に身構えてしまった、と打ち明けると「重症じゃな」と彼は笑ってくれた。

「――団長！」

ガレスと談笑を交わしていた、その時だった。

港街《メレン》へ行っている筈《はず》の猫人《キャットピープル》のアナキティが、執務室に駆け込んできたのは。

「アキ、どうしてここに？　何かあったのかい？」

「ロキからの伝言です。ティオネと、ティオナが……」

息を切らす彼女の口から事情を聞いたフィンは、その湖面のごとき碧眼《へきがん》を細めた。椅子から立ち上がり、アナキティともどもガレスに指示を出す。

「ガレス、団員を全員集めろ。並行して街へアイズ達の武器を回収に行ってくれ。整備の途中でも構わない。港街《メレン》に向かう」

「構わんが、ベート達は外の酒場で一杯やっとるぞ？　全員の場所は知れん、どうする？」

「市壁の上に緊急用の団旗を立てる。街の住人や神々も使って話を広めてもらおう、都市最大派閥《ロキ・ファミリア》に召集がかかって旗の下で集まってるってね。……ベート達もそれで駆け付けてくるだろう」

迅速《じんそく》な指示に【ロキ・ファミリア】は直《ただ》ちに動き出す。

己の武装である《フォルティア・スピア》を持って、フィンも部屋を出た。

「全く、結局居《い》ても居なくても振り回されっ放しだ……本当に退屈させてくれないな、君は」

ほのかな笑みを浮かべるフィンは、次には首領の顔付きとなり、仲間の少女達を助けるため走り出していくのであった。

在りし日のトラウマ

「待てアイズ、水泳の訓練はどうした！」

――また来た。幼いアイズは、響き渡る王族《ハイエルフ》の怒鳴り声を聞いてそう思った。

「……フィンが、戦い方を教えてくれるっていうから……」

「今日は私と泳ぎの練習をする予定だっただろう！　一生カナヅチのままでいるつもりか！」

約九年前、在りし日のことである。小さな体《からだ》相応の短剣を持ってこそこそと館を出ていこうとする七歳のアイズを捕まえ、リヴェリアは咎《とが》めていた。

「……泳ぐ練習なんて、戦いに必要ない……」

「馬鹿者っ。ダンジョンで水中戦を強いられた時、同じことが言えるのか！」

剣の練習にかまけようとする少女は尖《とが》った目付きで反抗的な態度であった。出会った当初、アイズはロキ達、そしてリヴェリアと決して最初から仲がいいわけではなかった。むしろアイズは反抗心の塊で――当時から己の身を鍛え上げることを何よりも優先させ――、それこそリヴェリアが子供に言って聞かせる母親のように説教をしない日はなかったほどだ。

「長所を伸ばすこともこれ以上ない武器になるが、短所を克服《こくふく》することも同様に重要だ。お前はまだ全体的な視点が――」などとガミガミ煩《わずら》わしく叱りつけるリヴェリアに、表情が乏しかったアイズの顔にも悪感情が募っていく。そして――少女は言ってしまったのだ。

「……おばさん、い、い」

ぴくっ、と長いエルフの耳が揺れた瞬間、リヴェリアは極寒の冷たさをもって瞳《ひとみ》を細めた。

「水の怖さを理解させる必要があるようだな……年上の者に対する、敬い方も」

「──とまぁ、こんな感じでアイズたんはリヴェリアに悪夢《トラウマ》を植え付けられたんや」

「だからっ、リヴェリアは一体何《なに》をしたのよ⁉」

「肝心なとこ、肝心なとこ‼」

「それはほら、あれや、ちょうどあった超硬金属《アダマンタイト》の塊をアイズたんの手足に縛りつけて水ん中《なか》放り込むのは序の口で……」

「泳げる筈《はず》ないじゃないですかー⁉」

港街《メレン》の事件が解決した後日。本拠《ホーム》の談話室でカナヅチを決定的にしたアイズとリヴェリアの昔話を語るロキに、ティオネ、ティオナ、レフィーヤは順々に悲鳴と絶叫を上げる。

「なんだ、アイズ。まだ泳ぐことができないのか？　どれ、久しぶりに私と練習でもするか」

「⁉」

談話室を通りかかったリヴェリアにまさかの提案をされ、びくうっ⁉　とアイズは肩《かた》を揺らし、ガクガクブルブル震えるのだった。

恋せよ乙女、もとい戦士達

「違う、一番強《つよ》い雄《おす》は私を倒した犬人《シアンスロープ》だ！」「躍動《やくどう》する筋肉、鋭い眼差《まなざ》し、ちょっと可愛《かわい》い犬の尻尾《しっぽ》……！」「あんなのより狼人《ウェアウルフ》の雄の方がよっぽど強かっただろう!! 圧倒的で凶暴で、あの冷たい琥珀《こはく》色の目で踏みにじられた時なんてっ……ゾ、ゾクゾクした！」『ヘタレそうなラウルゥとかいう奴も強かったよ！ 荷物一杯持《も》ってたけど、強かった！」「会いたぃ、私達を荒々しく打ちのめしていったあの雄達に会いたいぃぃ……!!」

なにコレ怖い。

凄《すさ》まじい形相で騒ぎまくるアマゾネス——闘国《テルスキュラ》の戦士達を前に、バーチェはそう思った。

「はぁ!? 違《ちげ》ぇから！ 最強は私達を倒したドワーフの親父だから！」

「あの人の拳に容赦《ようしゃ》なく殴り飛ばされた時——運命を感じたの！」

「忘れられない、あのたくましい雄の横顔……！」

ティオナ達に敗北を喫し『儀式』が失敗した後、港街《メレン》までやって来た闘国《テルスキュラ》の船の中でバーチェが目を覚ますと、全てが変わっていた。いや、戦士達が豹変《ひょうへん》していた。

「あの人の、番《つがい》になりたい」

「あの雄の子を産みたいぃぃぃ……!!」

「胸《むね》が、胸が痛いぃ……苦しいいんだぁ」

具体的にはみんな発情していた。頬《ほお》を一様に上気させ、戦士ではなく雌《めす》の顔となっている。完膚なきまでに自分達を倒した【ロキ・ファミリア】の男性団員に――自分達を蹂躙《じゅうりん》した強い雄どもに、彼女達はみな惚《ほ》れてしまったのである。バーチェは知る由もないがティオネの時と全く同じ事例《ケース》であった。闘国《テルスキュラ》で育った弊害か、恋の『こ』も知らない戦士達はこれ以上なく初心《うぶ》だったのである。強い雄と巡り会い、容易《たやす》く胸を打ち抜かれてしまうほど。

（私が気絶している間に一体何《なに》が……ふ、震えが止まらない、何なのだこの光景は）

雄とは接触せず、ティオナに敗北したバーチェは、うろたえながら怯《おび》えるしかなかった。

格下の筈《はず》の戦士達の黄色い悲鳴とその迫力に、彼女は確かにビビっていた。

極めつけは――。

「……はぁ」

船内の窓辺に腰かけ、片膝《かたひざ》を抱えている実姉《アルガナ》。青い空と湖の光景を眺める彼女の横顔は、頻《しき》りに切なそうな吐息をついていた。かと思えば、殴られた跡のある頬を指でそっと撫《な》でて――いやんいやんっ、とだらしない顔を横に振る始末である。

やばい、死にたい。

「カーリー、助けてくれ……お願い助けて」

「マジで闘国《テルスキュラ》終わったかのー……」

涙目になって神の救済を求める眷族《バーチェ》の隣で、女神《カーリー》は遠い眼差しで虚《むな》しく呟《つぶや》くのだった。

外伝
7巻

走る少年少女
アニメイト購入特典

アイは貴方の胸に
ゲーマーズ購入特典

コクハク?
とらのあな購入特典

アマゾネス劇場
メロンブックス購入特典

迷宮街の恋愛話・裏
外伝7巻限定版小冊子収録

イラスト:はいむらきよたか

走る少年少女

【ヘスティア・ファミリア】が勝利した戦争遊戯《ウォーゲーム》後、街は連日賑《にぎ》わっていた。

それこそ勝利の立役者にして、大将同士の一騎討ちを制した冒険者ベル・クラネルを持てはやす声は絶《た》えることなく、通りを歩いていれば必ずどこかで聞こえてくるほどだった。

「ベル・クラネル格好良かった！　弱そうなのに！」

「【リトル・ルーキー】ってすごいんだね！　兎《うさぎ》みたいなのに！」

「世界最速兎《レコードホルダー》は伊達《だて》じゃなかったんだな！　ひょろひょろしてるが！」

などなどと、老若男女のヒューマンと亜人《デミ・ヒューマン》が笑みを浮かべ、頻りに話題にしている。

「うぬぬぬっ……！」

そんな声々を街角で聞くレフィーヤは、少年への称賛に複雑を通り過ぎた思いを抱く。

嫉《ねた》んでいるのか、悔しがっているのか、焦っているのか、それともあの一騎討ちの勇姿を見て胸《むね》が熱くなってしまったのか……自分でもよくわからなかった。

ただ確かなのは、今のレフィーヤはベルを意識せずにはいられないということだ。

（確かにすごかったですけどっ、すごかったですけど！　ちょっと格好良かったですけど！

でも当の本人は他派閥のアイズさんに一々甘えてきてっ、厚顔無恥《こうがんむち》でっ、不躾《ぶしつけ》でっ！　女の人にだらしないみたいですし！　えーっと、それから……！）

聞こえてくる街の評判と張り合うように、いつの間にか少年の短所や難点を列挙していた。膨れながら街を歩き、対抗心だけを燃え上がらせていたレフィーヤは──そこで少年の名を呼ぶ声を聞く。

「おい、【リトル・ルーキー】！　どこへ行くんだ！」

「！」

はっとして声の方向に振り向けば、通りを走っていく白髪の少年の姿が見えた。

「みんなと一緒にダンジョンへ！」

「おお、頑張れよ！　ほら、持ってけ！」

「ありがとうございます！」

果物屋の店主から林檎《りんご》を受け取り、周囲の応援の声に照れ恥じながら、蒼穹《そうきゅう》に突き立つ巨塔へと走っていく。

少年はああして、いつも走ってきたのだろう。

ダンジョンを目指して。目標に向かって。前を向いて。愚直に、ひたすらに。

「……私だって！」

視線の先の光景を見て、レフィーヤも走り出す。

胸の中のもやもやも、不毛な粗探しも、綺麗《きれい》さっぱり消えていた。灯るのは強い意志だ。

絶対に負けない。決意を新たにする少女は、自らもダンジョンへ向かうのだった。

アイは貴方《あなた》の胸《むね》に

都市を賑《にぎ》わせた戦争遊戯《ウォーゲーム》から日が経《た》った、ある昼下がりのことだった。

大通りを気ままに歩いていたティオナは、雑踏《ざっとう》の中に見覚えのある後ろ姿を発見した。

(アルゴノゥト君だ！)

声を上げるより先に体が動いていた。勢いよく走り出し、少年の背中に飛び付く。

「アルゴノゥトくーん!!」

「わぁっ!?」

後ろから飛び付かれた少年──ベル・クラネルは当然のように仰天した。

ついアイズやレフィーヤにするように抱き着いてしまったティオナだが、まぁいいっか！と破顔する。戦争遊戯《ウォーゲーム》を制した少年の勇姿を思い出し──それこそ新しい英雄譚《えいゆうたん》を目にした子供のように──興奮した口調で喋《しゃべ》り始めた。

「おめでとう、アルゴノゥト君！　戦争遊戯《ウォーゲーム》すごかったよ〜!!　あたし『鏡』の前でずっとはしゃいじゃった！　あ、アイズからお祝いの花束もらった？　あたしも一緒に渡しに行きたかったんだけど、用事があって行けなくてさぁ！」

背中に抱き着いたまま、細い両足をベルの胴に巻き付け、白髪の後頭部を抱き締めてはよしよしとかき混ぜる。往来の真ん中で猿《さる》のようにじゃれ付く少女に、衆目はぎょっとしていた。

「それでね、フィン達もアルゴノゥト君はすごいってて っ……あれ、どうしたの？」

頰《ほお》を染めながら一方的にまくし立てていたティオナは、何も話さないベルに小首を傾《かし》げる。

うつむいて、耳まで真っ赤にしている少年は……かき消えそうな声で呟《つぶや》いた。

「ティ、ティオナ、さん……むっ、胸がっ、当たって……」

ぼそぼそと呟くベルに、ティオナはぴたりと動きを止めた。

なるほど、少年の後頭部にはティオナの『胸』が当たっている。

僅《わず》かなふくらみだが、確かな『胸』がベルの頭に柔らかく密着している。

ティオナは、おもむろに天を仰いだ。

脳裏に蘇《よみがえ》るのは、『ぺちゃぱい』『ぺったんこー』などと散々投げかけられてきた侮辱《ぶじょく》の数々。

自分の『胸』で恥ずかしがっている少年に視線を戻した少女は、にへらっ、と相好《そうこう》を崩す。

「ちょ、ちょっと⁉　ティオナさんっ、何でさっきより強く抱き着いてくるんですか⁉」

「……」

「む、無言で胸を押し付けないでくださぁい⁉　何でニヤニヤ笑ってるんですかぁ⁉」

「……えへへっ」

「ちょ、やめっ——勘弁してくださぁあああああああああああああい⁉」

泣き喚《わめ》く少年と、彼にグイグイと胸を押し付ける少女を見て、人々は首を傾げるのだった。

コクハク？


【ヘスティア・ファミリア】の劇的な勝利で幕を閉じた戦争遊戯《ウォーゲーム》、それから数日後。

アイズは白い花束を携え、てくてくと街を歩いていた。

「お祝いのお花も持ったし、これで大丈夫……」

アイズはこれから【ヘスティア・ファミリア】の本拠《ホーム》へ赴《おもむ》き、この花束を手渡すつもりだった。戦争遊戯《ウォーゲーム》のために鍛練を引き受けた相手、ベル・クラネルを祝うためである。

晴れ渡った青空の下、主神《ロキ》の助言を受けて購入した純白の花束を後生大事に抱え直す。

「それに……言わなくちゃいけないことも、あるし」

アイズは勝利したベルに、いや強くなった少年に、言わなくてはいけないことがあった。

その時の光景を想像するだけで、今から頰《ほお》が熱くなる。羞恥《しゅうち》を堪《こら》えてぎゅっと花束を抱えるその姿は、傍《はた》から見れば、そう、まるでこれより告白に臨もうとする初心《うぶ》な少女にも映っただろう。事実、【剣姫】の様子に見惚《みと》れるやら動揺やら悲鳴やらを行う者達が周囲で続出した。

「頑張らなくちゃ……」

決心をして、アイズはむんっと気合を入れた。

「戦争遊戯《ウォーゲーム》、おめでとう……【ファミリア】も大きくなって、良かったね」

本拠《ホーム》の前で純白の花束を受け取った少年、ベル・クラネルは感激の絶頂にあった。

「ほ、本当にありがとうございます、アイズさん！　う、嬉《うれ》しいなぁ……！」

憧れの存在に祝われ、笑顔を必死に自制していたベルは、ふと少女の様子に気が付く。

（あれ、アイズさん……何だか、もじもじしてる……？）

その通りアイズはもじもじしていた。頬をうっすらと染め、小振りな唇《くちびる》を何度も開きかけては閉じ、どうやらベルに何かを伝えようとしているようだった。

（こ、これは、まさか――）

花束を持って、頬を赤らめて、何かを必死に伝えようとするその行為とは――告白？

この状況《シチュエーション》で万人が思い浮かべる至極《しごく》真っ当な答えに行きついた少年は、ぼしゅんっ！と一瞬で頭を茹蛸《ゆでだこ》状態にした。いやまさかっ、と否定するも胸《むね》の高鳴りは止まらない。

――すごく強くなったね。私、そんな君のことが――。

瞳《ひとみ》を潤ませるアイズを前にそんな幻聴が聞こえてくる。ベルはごくりと喉《のど》を鳴らした。

やがて、意を決したアイズがその唇を開いて――。

「――Lv．3の昇格《ランクアップ》、どうやったらあんなに早くできるのっ？」

「ですよねー」

強くなることしか頭にない天然剣士に、少年は乾いた笑みを作り、さめざめと泣くのだった。

アマゾネス劇場

「ティオネー」

「何よ」

ある日の昼下がり、本拠《ホーム》のとある双子の相部屋。

寝台《ベッド》でくつろいでいるティオネに、同じく寝台《ベッド》でだらけているティオナが声をかける。

「最近さぁー。ラウル達が視線を感じるんだってー」

「視線？　どういうことよ？」

「誰かに見られてるような、とにかく油断すればペロリと食べられそうな悪寒《おかん》なんだってー」

「他派閥の嫌がらせじゃないの？　そんなのこっちから行って追っ払えばいいじゃない」

ぺらり、と恋の必読本の頁《ページ》をめくるティオネ。ごろり、と寝返りを打つティオナ。

「ティオネー」

「何よ」

「最近、アマゾネス達が都市内《オラリオ》に侵入してくるんだってー」

「はぁ？　ギルドの検問は何やってるのよ？」

「商会の荷物に紛《まぎ》れてやり過ごしたり、獣みたいに強行突破するらしいよー」

「何よ、それ。だらしないわねぇ。ガネーシャのとこの門衛もなにやってるんだか」

用意したジャガ丸くんを食べるティオネ。こっそりもらおうとして手を弾かれるティオナ。

「ティオネー」

「だからっ、何よっ。さっきから」

「そのアマゾネスの中にさぁ、蛇《へび》みたいですごい強いのがいるんだってー」

「ちょっととっ、【怒蛇《へび》】なんて変な二つ名付《つ》けられた私だってずっと言いたいわけ？」

「違うよー。そのアマゾネス、運命の雄《おす》に会いに来たってずっと言ってるんだってー」

「何よ、そいつ。気持ち悪いわね、頭が沸《わ》いてるんじゃないの？」

ぷりぷり怒りながら本を読み直すティオネ。ぼーっと天井《てんじょう》を見上げるティオナ。

「あとねー、小人族《パルゥム》に思いっ切りブン殴られた痛みが忘れられないって言ってるらしいよー」

「…………」

一気に押し黙るティオネ。ジャガ丸くんを奪うことに成功するティオナ。

「ティオネー」

「……なに？」

「言い忘れてたけど、さっきフィンが闘国《テルスキュラ》のアマゾネスに追い回されてたらしいよー」

「アルガナァ!!」

鬼の形相で部屋を飛び出す姉を尻目に、妹はむしゃむしゃと芋《いも》を頬張《ほおば》るのだった。

迷宮街の恋愛話・裏

「それじゃあ、アイズは？」

夜の帳《とばり》が下りた『ダイダロス通り』。

ダンジョン第二の出入り口を探していた少女達は、恋の話に花を咲かせていた。

「……別に、そういう人は……」

「ほんのちょっとくらい気になった、っていう人くらいいるでしょ？　ほらほら！」

ことの起こりは、迷宮街を探索するアイズ達のもとにフィルヴィスが合流したことだった。

取っつきにくい彼女と交流を深めようと、どうしてそうなったのか恋愛話をしようという流れになったのである。

当の本人のフィルヴィスが質問攻めに遭いすっかりぐったりしている中、満面の笑みのティオナ、全力で聞き耳を立てるレフィーヤ、他の団員達が興味津々《きょうみしんしん》の様子でアイズの答えを待っている。

「私は……」

困り果てていたアイズが、持てあましていた唇《くちびる》をおずおずと開こうとした。

その時だった。

「あ、あのぉー！　すいませぇーん、助けてくださぁーい⁉」

非常に情けない、少年と思《おぼ》しき声が響き渡ったのは。

（……？　この声って？）

その聞き覚えのある声に、真っ先に反応したのはアイズだった。

振り向けば、複雑に分かれた隘路《あいろ》の一つに揺らめく光源がある。

道の奥から近付いてくる魔石灯の明かりにティオナ達が不思議そうな顔をしていると、ほどなくして人影はアイズ達の前に現れた。

「まっ、迷って迷宮街《ここ》から出られなくなっちゃって……み、道を教えてくれませんか……⁉」

夜の闇《やみ》の中で浮かび上がる白の髪。

半べそをかいている深紅《ルベライト》の瞳《ひとみ》。

まさに白兎《しろうさぎ》を彷彿《ほうふつ》させる、一人の少年だった。

「って……えっ？」

きょとん、としている【ロキ・ファミリア】の面々に、少年もまた唖然《あぜん》とする。

「……ベル？」

お互いが動きを止める中、唇を開きかけていたアイズは、その名を呟《つぶや》いた。

「アルゴノゥト君だー！　えーっ、なんでー！」

「どっ、どどどうして貴方《あなた》がここに⁉」

止まっていた時間が動き出す。

破顔するティオナと動揺するレフィーヤを皮切りに、少女達は騒ぎ始めた。

「ろ、ろっ、【ロキ・ファミリア】⁉　それに、アイズさん⁉」

「うん……こんばんは？」

「こっ、こんばんは‼」

アイズが小首を傾《かし》げながら挨拶《あいさつ》すると、白髪の少年も勢いよく頭を下げる。

この慌て振り、間違いなかった。先日の戦争遊戯《ウォーゲーム》で大金星を上げた【ヘスティア・ファミリア】の冒険者、ベル・クラネルである。

顔を上げたベルは、混乱が抜け切らない表情でアイズ達【ロキ・ファミリア】を見渡す。

「ど、どうしてアイズさん達がこんなところに、夜遅くいるんですか……？」

「あー、あれよ、あれ、極東の有名な例の儀式……そう、肝試し」

「き、肝試し……」

第二の出入り口の存在を知らせないよう誤魔化したティオネの返答に、ベルは腑《ふ》に落ちなそうにしながらも、取りあえず受け入れたようだった。

「そういうあんたは？　どうしてこんなところにいるわけ？」

「えっ――」

ティオネが尋ね返した途端、ぴたり、と。

ベルはいきなり固まった。

その様子にアイズが不思議そうな顔をしていると、ティオナが鼻をすんすんと鳴らし始める。

「あれ、アルゴノゥト君？　香水かなんか付けてるー？　何か甘ったるい匂いがするけど」

彼女の他にも、獣人の少女達も頻《しき》りに鼻を鳴らしていた。

アイズも彼女達に倣《なら》ってみると、なるほど、確かにベルから嗅《か》ぎ慣れていない香りが僅《わず》かに漂っている。男性、ひいては純朴《じゅんぼく》な少年には一切縁《ゆかり》などないような……何というか、そう、どこか淫靡《いんび》な香気だ。

「えっ、あ、いや、その……！」

当のベルはというと汗を流し、盛大に言葉に詰まっていた。

ティオナの質問に答えられず、視線を忙《せわ》しなく左右に振り始める。

「この香り……確か」

喉《のど》に小骨が引っかかっているように、猫人《キャットピープル》のアキが眉《まゆ》をひそめる。

そして彼女の唇が開くより早く、それまで黙っていたフィルヴィスが瞳を細め、呟いた。

「麝香《じゃこう》……」

びくっっ、と少年の肩《かた》が震える。

彼を見るフィルヴィスの双眼は、極寒のごとく冷め切っていた。

「麝香って、えっと、その、アレですよね……？」

「ええ……歓楽街でよく使われている、アレね」

はっとした治療師《ヒーラー》のリーネが頰《ほお》を赤らめ、アキが微妙な表情で頷く。

歓楽街。

その単語が音になった瞬間、この場にいた全ての少女達は時を止めた。

(えっ……)

アイズもその一人だった。

金の瞳がゆっくり視点をずらせば、少年の発汗は今や最高潮に達しようとしていた。

歓楽街……………『娼館《しょうかん》』?

鈍りに鈍っているアイズの思考がその言葉を連想した瞬間――レフィーヤが爆発した。


「ふっ、ふっ、不潔ぅ～～～～～～～～～～～～～～～～～～～～～～～～～～～⁉」


顔を真っ赤にして、絶叫を打ち上げる。

「歓楽街⁉　娼館の帰りぃ⁉　さっきのさっきまで女の人を侍《はべ》らせてっ、あ、あ、ああああああんなことやっ、そ、そ、そそそそそんなことをっ――いやぁあああああああああああああああああああ⁉」

「ち、違うんです⁉　これには本当にわけがあってぇ⁉」

「何が違うんですかぁ⁉　よく見れば貴方が持ってるその魔石灯っ、極東の行灯《あんどん》じゃないですかぁ！　紛《まぎ》れもなく遊郭《ゆうかく》の帰りですぅぅぅぅぅぅぅぅぅぅ！」

我を失いながら少年を指差すレフィーヤ。

そんな少女に負けず劣らず取り乱し、必死に弁明を行おうとするベル。

咄嗟《とっさ》に耳を塞いでしまったアイズ達の目の前で、凄まじい口論が巻き起こる。

「お、お願いですから頼みますから後生ですから話を聞いてくださいレフィーヤさぁん⁉」

「いやぁぁぁぁぁぁぁぁぁぁぁぁぁあっ‼　名前を呼ばないでください汚《けが》らわしいッッ！」

「うぐぅ⁉」

「戦争遊戯《ウォーゲーム》を見てちょっと格好いいかもしれないとか思った私が馬鹿でしたっ、ちょっとは見直してたのにっ、見直してたのにぃ！　こんな最低な人だったなんて‼」

「ぐはぁ⁉」

「女ったらしっ、好色漢っ、年中発情兎ぃ～～～～～～～～～～いっ‼」

ボコボコである。

レフィーヤの糾弾《きゅうだん》が飛ぶ度に、ベルはどてっ腹に砲撃《まほう》が直撃したかのごとく体をくの字に折り曲げた。肩で息をするレフィーヤもレフィーヤで冷静さを失っており、涙目だ。

「近寄るな、レフィーヤ。汚《けが》れるぞ」

そんなレフィーヤを、フィルヴィスが背で庇《かば》ってベルから遠ざける。

少年を見る瞳は既に汚物を見る目であった。容姿端麗《ようしたんれい》のエルフの中でも殊更美《ことさらうつく》しい彼女の容赦《ようしゃ》ない言葉に、ベルはとうとう「がはぁ⁉」と吐血する。

潔癖《けっぺき》のきらいがあるレフィーヤ達、エルフほどではないにしても、【ロキ・ファミリア】の少女達も落ち着かなくなる者が大半であった。ある者は赤面し、ある者は軽蔑し、ある者は呆《あき》れ果てる。

そして、アイズはというと……無言であった。

一見、普段の感情の乏しい表情に見えるが、金の瞳の中身はぐるぐると回っている。

凍《い》てついた氷像のように動かない彼女の代わりに、心の中では幼い自分《アイズ》が真っ赤な顔を両手で覆っていた。『わー⁉　わー⁉』と悲鳴を上げながら、盛大に地面を転げ回っている。

（娼館………女の、人と………ごにょごにょ、する場所………）

知識ははっきり言って碌《ろく》にないが、娼館が『どーいう場所』かは知っている。

アイズは、自分が（戦い方など）色々教えてきた少年が、遠のいたような錯覚を覚えた。

まるで近所の少年の意外な一面を目の当たりにしたような……いや、飼っていた兎が自分の知らない場所へ巣立っていってしまったような。

「アルゴノゥト君もやっぱり男の子なんだー。んー、よくわかんないけど、ちょっと残念かも」

「だから違うんです、ティオナさん！　僕は何も……！」

「でもでも、大丈夫だよ！　女戦士《アマゾネス》も似たようなもんだし！　恥ずかしくないって！　多分！」

「ちょ……⁉」

「やることやってんのねぇ、あんたも」

「ティオネさん、違うんですぅぅぅ……！」

少女達の中でも、女戦士《アマゾネス》であるティオナとティオネの反応は変わらずであった。

頭を抱えて呻《うめ》き苦しむベルを、アイズはそっと見つめる。

（……胸《むね》が、ざわざわする）

胸の端っこが落ち着かない。動揺しているのだろうか、私《アイズ》は。

そこで視線に気付いたのか、ベルがこちらに振り向く。

「あ……」

「……！」

ばっちり目と目が合ったアイズは何故《なぜ》かうろたえてしまい……ふい、と思わず視線を逸らしてしまった。

ガーン!!　と本日一番の衝撃を被るベル。

この世が終わったような顔をする少年に、レフィーヤやティオナ達は一瞬怯《ひる》んだ。

「あー……私達、大通りの方に行くけど、それでよければ付いてくる？」

「はぃ……」

惨《むご》たらしく首を折るベルに若干引きながらティオネが提案すると、白髪の後頭部は碌《ろく》に喋れず、僅かな頷きだけを返す。

そんなこんなで、道に迷った迷子を加えたアイズ達は進行を再開させた。

「本当に幻滅しました！　何てふしだらな……！」

「レフィーヤ、何でそんなアルゴノゥト君にだけ怒ってるのー？　いつもなら他の人の話を聞いても、恥ずかしがるだけじゃーん」

「そっ、それはっ、好敵手《ライバル》だから……じゃなくてっ。戦争遊戯《ウォーゲーム》でちょっと有名になったからって、すぐこんな夜遊びに手を出しているのが気に食わないんです！　ただの俗物です！　アイズさんに教えを受けた者っ、もとい冒険者たる者もっと邁進《まいしん》して……！」

まだ顔を赤くしながらレフィーヤだけがぷりぷりと怒っている。彼女のおかげで騒がしさは途切れないものの、一行の間にはやはり居たたまれない空気があった。

その原因は項垂《うなだ》れながらこの世の終わりの暗気《オーラ》を放つ少年であったり、普段とははっきり違うと見て取れる【剣姫】の他所他所《よそよそ》しさであったりした。

自然、同伴するベルと少女達の間には、不自然な間合いが置かれている。

「え、えーと、歓楽街といえば、【ロキ・ファミリア】の中ではどうなんでしょうか？　娼館を……り、り、利用している男性団《ひ》員《と》達はいたり……あの、あぅ……」

「赤くなるくらいなら触れなければいいじゃない、リーネ……ま、ラウル辺りは通っていた時期があったわよ」

「ええっ？」

「そこでたちの悪い女に引っかかったみたい。『遠征』の収入、ちょろまかしたことが一回あったでしょ？　あれ、その女に貢ぐためだったんだから」

「ラウルさん……」

「あんな性格だから、手を繋ぐ以上のことはできなかったみたいだけど……まったく、自分を変えるためだとか何だか知らないけど、娼館なんて行かなければいいのに」

必死に話題を探すリーネに、アキは嘆息交じりに応答する。

これだから男は……。アキ達の会話を聞いて、そんな空気がパーティの中に充満した。

「んー、もっと賑《にぎ》やかに行こうよ！　そうだ、恋愛話の続き、しよっ！」

そんな仲間達の機微を感じ取ってか、ティオナが窮屈《きゅうくつ》そうに声を上げる。

両手を振って、みなに呼びかけた。

「……恋愛話？」

「そーそー！　さっきまでみんなの気になる人、言い合いっこしてたんだ！」

おもむろに顔を上げるベルに、ティオナは無邪気《むじゃき》に笑いかける。

異性の恋愛話、と聞いて、ベルは気まずそうに「ええっと、その……」と言葉を選びかねる。

「ちょうどアイズの番だったんだ！　ね！」

「……！」

そう言ってティオナがアイズの背に抱き着くと、ベルははっとした。

途端に挙動不審となり、未《いま》だ気まずそうに、けれど金髪金眼の少女の横顔をちらちらと窺《うかが》い始める。

他の団員達も、そういえばそうだった、と視線をアイズに向けた。

「ほら、アイズ！　気になる人とか、いる？」

「……私、は」

背にしがみつくティオナにせがまれ、アイズはやはり困ったように視線をさまよわせた。

ややあって。

自分のことを見やってくる少年をちらりと一瞥《いちべつ》した後、ゆっくりと口を開く。

「私は……気になっている人は……いない、けど……」

「けど？」

「……他の女の人と、遊んじゃう人は……嫌《いや》、かな」

グサッ!!　と。

何かが刺さる、凄まじい音が響いた。

主に胸を押さえる少年の方角から。

「歓楽街に、行っちゃう人、とか……」

「おふっ⁉」

「麝香の香りがする人、とか……」

「かはぁ⁉」

「……私は、嫌《いや》だな」

「ごへぁ⁉」

ベルから目を背けながら、ぼそぼそと呟くアイズ。

直撃《タイムリー》な意見に少年の体が折れ曲がっては仰《の》け反《ぞ》る。その反応《リアクション》の度合いは先程のレフィーヤの比ではなかった。

「で、ですよね⁉　そうですよねアイズさん！　夜遊びする人なんてもってのほかですよね！」

「……うん」

アイズに諸手《もろて》を上げて賛同するのはレフィーヤだ。

目の前まで来て嬉しそうに笑いかけてくる後輩に、金の長髪を揺らしながら頷きを返した。

（アイズさんが総非難……！）

（これは珍しい！）

（よっぽどだらしない人が嫌いなんだなー）

別の意味で他の団員達も賑わい、顔を寄せ合ってひそひそと話を交わす。

ティオネとアキは苦笑しつつも、強くなること以外無関心である筈《はず》のアイズの意外な答えに、不思議そうな感情を滲《にじ》ませていた。フィルヴィスは瞑目《めいもく》して我関さずの姿勢だ。

「う、うぅ……」

そしてベルは。

ずぅーん、とめり込む勢いで通りの壁に寄りかかっていた。瀕死《ひんし》である。

影を背負う体から、今にも魂が立ち昇りそうであった。

「う～ん……」

壁に縋《すが》り付いたまま置いていかれるベルと、寂しそうにうつむくアイズの横顔を、ティオナは交互に見た。

意を決したようにアイズの背から離れ、てけてけと小走りし、集団の後方に位置する少年のもとへ近寄る。

「ねぇ、アルゴノゥト君？」

「はぃ……」

「本当に歓楽街で遊んでないの？」

傷心の後頭部に尋ねると、がばっ！　と勢いよく跳ね上がった。

「遊んでません遊んでませんっ、遊べる筈ありません！　本当に何もしてないんです‼」

「主神《かみ》様に誓って？」

「ヘスティア様に誓って‼」

目を瞑《つむ》って顔を縦に振りまくるベルを、ティオナは「んぅぅ～」と腕を組んだ。

主神の名に誓ってまでこう言っているのだ。嘘《うそ》をついているとは考えにくい。

「それじゃあ、何で歓楽街になんか行ったの？　あそこにいたのは間違いないんでしょ？」

「派閥《ファミリア》に加わったばかりの人が、一人で歓楽街に行っちゃって……心配してヴェルフ達……他の仲間と一緒に後を追ったんですけど……尾行してる途中、僕だけはぐれちゃって」

「じゃあ、その麝香の香りは？」

「こ、これは、その……アマゾネスの娼婦《しょうふ》達に、誘拐されちゃって……」

「え？」と目が点になるティオナ。

「もしかして、娼館に無理矢理連れてかれたー……とか？」

「……はい」

「だ、大丈夫だったのっ？　食べられなかったっ？」

ティオナ自身は変わり種《だね》だが、アマゾネスは元来、異性に対して貪欲《どんよく》であり肉食だ。自分より強い、あるいは気に入った雄《おす》には舌舐《したな》めずりをせずにはいられない。姉であるティオネも——団長《フィン》限定で——猛烈な襲撃《アタック》を仕掛けている。

ティオナが今になって兎の操《みさお》を本気で心配し始めると、ベルの目から光が消えた。

「大丈夫、でしたけど……」

「け、けど？」

「……女の人怖い女の人怖い女の人怖いっ、アマゾネス怖いアマゾネス怖い蛙《カエル》怖いぃ……!!」

悪夢の逃走劇《デス・レース》を思い出したのか、体をかき抱きガタガタと震え始めるベル。

その異常な様子に思わず一歩後退《あとずさ》ってしまったティオナは、あちゃー、と片手で顔を覆う。

どうやらティオナの同族が心傷《トラウマ》を植えかけてしまったらしい。

同時に、少年の言っていることは本当だと、ティオナは信用した。

「うん、わかった。アルゴノゥト君の言ってること、信じるよ」

「……えっ？」

「あたし馬鹿だけど、アルゴノゥト君が嘘を言ってないことはわかるから」

流石《さすが》にあんな姿を見せられたら、と心の中で付け足して、呆《ほう》けるベルへ笑いかける。

「あたしに任せて。アイズと、後はみんなの誤解、解いてきてあげる！」

「ティ、ティオナさぁん……！」

「へへーんっ。じゃあ、ちょっと待ってて！」

比喩抜きで感涙する少年に得意気になりながら、ティオナは再びてけてけと走り出す。

ベルに感謝され喜んでいる自分がいる。それは認めたティオナは、これはいい気持ちだと破顔した。

ティオナは少女《アイズ》のことが好きだ。

まだ短い交流に過ぎないが少年《ベル》のことも気に入っている。

好きな二人がぎくしゃくしているのは、ティオナの望むところではない。見かねて動いてしまったのも、つまりそういうことだ。

「アーイズ！　アルゴノゥト君、歓楽街で遊んでないって！」

「……えっ？」

「事情があったらしいよ！」

ティオナはまずアイズに突撃した。

再度背中《せなか》に抱き着かれたアイズは、きょとんと瞬《まばた》きを繰り返す。そんな彼女にアマゾネスの少女は説明していく。

「……アマゾネスに誘拐されて……追い回されて？」

「あそこ、【イシュタル・ファミリア】の戦闘娼婦《バーベラ》がいるじゃん。アルゴノゥト君、戦争遊戯《ウォーゲーム》で有名になったから、きっと狙われちゃったんだよ」

「……」

ティオナの話を聞いて、アイズは黙って考え込む。

ちら、と後ろの方を顧《かえり》みれば、集団の最後尾にいるベルが判決を待つ被告人のような面持ちでいた。

「ティオナ、私……」

「うん、行ってらっしゃい！」

ごめん、と言ってアイズは一人、歩みを遅らせた。

団員達に追い抜かされながら、すすす、とさりげなく最後尾まで移動する。

「ア、アイズさん……」

「……」

真隣までやって来たアイズに、ベルが緊張する。

口下手《くちべた》なアイズ自身も何をどう言って切り出すべきか、悩んでいた。

視線を左右に振ること数度、逡巡《しゅんじゅん》していたアイズだったが、意を決して口を開く。

「ティオナから、話を聞いたけど……本当？」

「は、はいっ！」

直立不動となるベルの深紅《ルベライト》の瞳を、金の瞳がじーっと見つめる。

ティオナと同じように、アイズもベルが嘘を言っていないと感じた。

胸騒《むなさわ》ぎが消え、代わりに安堵《あんど》を得る。立ち止まってベルと見つめ合っていたアイズはほっとした。

その直後、途端に芽生えるのは申し訳なさだった。

「……えっと、その」

「？」

「ごめん、ね？」

勘違いして、と。

アイズは睫毛《まつげ》を揺らしながら目を伏せる。

何故か強い衝撃に打ちひしがれ、話を聞いてあげられなかった自分が恥ずかしかった。

両の瞳を見開いていたベルは、慌てて両手を振る。

「い、いえっ⁉　誤解されてもしょうがないっていうか、むしろ信じてもらえて嬉しいというか！　……だから、その……気にしないでください」

「……ありがとう」

こんな時でも気遣ってくる少年の心遣いに、アイズはやはり申し訳なさを覚えつつ、目を細めた。

その微《かす》かな笑みに、ベルは思わずと言った風に頬を染める。

「酷いこと、されなかった？」

「は、はい　大丈夫です。……ぎりぎりで」

「そっか……」

「え、えっと……？」

アイズの手が、白い髪を撫《な》でた。

赤面したままのベルは瞬きを繰り返し、身をよじるが、アイズはよしよしと撫でる手を止めない。

あれである。

家出していた子兎《ペット》が自分のもとに帰ってきてくれた感覚。

心の中で幼い自分《アイズ》も白いモコモコに頬ずりする中、アイズは頬を綻《ほころ》ばせた。

そして胸を撫で下ろすベルと、笑い合った。


「む、むむむっ……」

他方、そんな二人を見て難しい声を出すのはレフィーヤである。

今もティオナが団員達に話して誤解を解いている最中、罪悪感を抱いていた。

(酷いこと言っちゃいましたし、私も謝った方が……でもあんなの誤解してもしょうがないというかっ、いえ話を聞かなかった私が全面的に悪いんですけど……ええいっ、もう!)

少年への様々な感情が邪魔《じゃま》して素直になれなかったレフィーヤだが、思い切ってベル達に向かって足を踏み出した。

そんな謝罪に赴《おもむ》く彼女——自分の過ちを認められる同胞《エルフ》の姿を見ていたフィルヴィスは、人知れず微笑《ほほえ》む。

笑みはそのまま、目を閉じて自らもレフィーヤの後に続いた。非礼を詫《わ》びるために。

「あ、あの!」

「あ、レフィーヤさん……」

「えっと、その、さっきは……」

アイズとの会話を中断して、ベルが振り向く。

目を合わせられず口ごもっていたレフィーヤは、素直になって謝ろうとした。

その時、ころん、と。

ベルの腰巾着から何かが落ち、石畳の上に転がった。

「……？　これは……」

盤棋《チェス》の駒にも似た透明な容器、中身は赤い溶液。

見慣れない薬に、何かの道具《アイテム》かと首を傾げながら拾おうとすると――ベルの手が音速でそれを奪い取った。

「こ、これは、そのっ……あ、あはははははっ」

レフィーヤが固まっていると、ベルは薬を持った両手を隠し、不自然な空笑いを始めた。

誤魔化そうと試みているのだろう。しかし少年はあまりにも嘘が下手《へた》くそ過ぎた。

――怪しい。

瞬く間にレフィーヤの眉が吊《つ》り上がる。

「ちょっとっ、今隠したのは何なんですか？」

「い、いやっ、これはっ……⁉　僕のじゃないというか預かっているというか押し付けられたというかっ、本当にどうしようもない理由があって……！」

汗を流すベルはしどろもどろとなり、それがレフィーヤの猜疑心《さいぎしん》に拍車《はくしゃ》をかける。

詳しく話を聞こうと詰め寄ろうとしたその時、側にいるフィルヴィスがぼそっと呟いた。

「精力剤……」


瞬間、時が止まる。

アイズも、レフィーヤも、微笑《ほほえ》ましく一部始終を見守っていた筈のティオナ達も。

薄暗い夜の通りに耳を貫く静寂が訪れ、蒼白となった少年の頬から一筋の汗が滴り落ちた。

麝香の件から引き続き、絶対零度の眼差《まなざ》しを向けるフィルヴィスが再び爆弾を投下する。

「は、はぁ～～～～～～～～～～～～～～～～～～～～～っ⁉」

レフィーヤもまた、再び爆発した。

「せっ、せっ、精力剤《せいりょくざぁい》⁉　何でそんなもの持ってるんですかぁ⁉　全部誤解だったんじゃなかったんですか⁉」

「違いますす違いますす違います⁉　いえ違くはないんですけど、とにかく違うんですぅ⁉」

「なにわけのわからないこと言ってるんですか！　ちょっとそれ、見せてください‼」

「待ってて、待ってください　レフィーヤさぁん⁉」

すっかり混乱《パニック》に陥って泣き叫ぶベルに、真偽を確かめるため薬を奪おうとするレフィーヤ。

アイズがおろおろする前で、二人の両手が猛烈な引き合いをしていると——つるっ、と。

「あ」

間抜けな声とともに、ベルの手の中から容器がすっぽ抜ける。

少女の頭上を舞う容器は、反動で蓋《ふた》が外れ、運命に従うように中身を飛び散らせる。

次の瞬間、びしゃっ！　とレフィーヤは頭から被った。

精力剤を。

「あ――」

ベルが蒼白となる。アイズも声を失う。フィルヴィスも凍りつく。

ティオナやティオネ達も、口を半開きにする。

「…………」

掴《つか》みかかっていたレフィーヤの両手が、だらりと垂れ下がった。

少女の美しい山吹《やまぶき》色の髪を、柔らかそうな肌を、赤い溶液が伝っていく。

やがて漂ってくるのは、歓楽街に蔓延《まんえん》しているものと同じ独特の異臭。

間違っても可憐《かれん》な少女が、潔癖な妖精が放ってはいけない強臭。

レフィーヤの瞳が一切の光を失い、果てしない闇に覆われる。

「あっ、あっ――」

小刻みに震えるエルフの少女が、本日最大の大爆発を迎えた。

「――貴方って人はぁああああああああああああああああああああああああああああッ!!」

「――ごめんなさぁああああああああああああああああああああああああああああいッ!?」

憤激の咆哮《ほうこう》を上げるレフィーヤから、ベルは一目散に逃げ出した。

地面に落ちた精力剤を拾い上げ、まさしく脱兎《だっと》のごとく駆け抜ける。それに続く妖精も凄まじい速度で追走した。

「レ、レフィーヤ！」

「アルゴノゥトくーん⁉」

アイズとティオナの叫びも追いつかない。顔を引きつらせるティオネ、フィルヴィス、アキ達を置き去りにして、凄まじい風が巻き起こった。

少年と少女は迷宮街の闇へと消えるのだった。


怒りの妖精と化したレフィーヤを消失《ロスト》したアイズ達は、ロキ達との合流を断念。

慌てながら少女と少年の行方《ゆくえ》を探した。

発見したのは夜が明けた翌朝。

兎を取り逃がし、悲しみとやるせなさのあまり一人しくしくと泣いていたエルフを、無事に保護した。

「何があったんや、一体……」

リヴェリアの胸の中で泣き喚《わめ》くレフィーヤを見て、ロキが放った言葉である。

少女の名誉のためにも打ち明けられず、アイズやティオナ達は気まずそうに目を逸らすことしかできなかった。あやすように山吹色の髪を何度も撫でるハイエルフの副団長から、嘆息が途切れることもなかった。

【ロキ・ファミリア】は一人の少女に深い傷跡を残し、この日、『ダイダロス通り』から撤退するのだった。


「に、逃げ切った……………レフィーヤさん、ごめんなさいぃぃ…………」

一方、ぼろぼろの体を引きずりながら、一人の冒険者も『ダイダロス通り』を後にした。

一晩中駆け回り、迷宮街から何とか脱出した少年は、眩《まぶ》しい朝日に瞳を焼かれながら今ある生を噛《か》み締めるのだった。

だが少年は知らない。

この後、心配を募らせていた女神に、朝帰りの現場を目撃されることを。

体からぷんぷんと匂う麝香の香りと、使用済みの小瓶――漏れてしまったため半分も残っていない『精力剤』――が止《とど》めとなり、紙屑《カミクズ》を見るような目つきで見下ろされることを。

長時間正座させられて、しこたま説教されるのを、何も知らない。

（精力剤……なんで持ってたんだろう？）

後日、そわそわしているアイズと傷心のレフィーヤに、少年は事情の説明がてら全力で土下座しに行くのであった。

イラスト：はいむらきよたか

ギルティ‼


「お話を聞くのに時間がかかっちゃった……エルフィ達、もう先に集まってるかな」

アマゾネスの事情聴取を終えたレフィーヤは、都市の街路を小走りしていた。

人造迷宮《クノッソス》の手がかりを集めようと派閥包《ぐる》みで街へと繰り出している昼時。手分けして情報収集している団員達と一度合流しようと、待ち合わせ場所へと急いでいると──「んん⁉」と。

寄り添って歩く白髪の少年と金髪の少女の後ろ姿を、視界の端に捉えてしまった。

（あのヒューマンとっ、ア、アイズさん⁉　他派閥の癖にまたぁ……！）

急制動をかけたレフィーヤは言葉を失ったのも束《つか》の間、顔を真っ赤に染めた。

当初の目的も忘れて「こらぁー！」と声を上げて少年、ベルのもとへ突貫する。

「うわぁ⁉　レ、レフィーヤさん⁉」

「性懲《しょうこ》りもなく貴方《あなた》はぁ！　一体アイズさんとなに、を……あ、あれ？」

ベルと一緒に驚く金髪の少女は、アイズではなく、狐人《ルナール》の少女だった。

よくよく見ればその格好はメイド服だ。何かの買い出し途中なのか二人で袋を抱えている。

「ア、アイズさん……？　いや、この人は僕達の【ファミリア】に新しく入った人で……」

「は、初めましてっ」と頭を下げる狐人《ルナール》の少女を前に、レフィーヤの顔が羞恥《しゅうち》に染まる。

【白髪＋金髪＝ベルとアイズ】という図式が頭の中に構築されていたが故の先走り、もとい盛大な誤認であった。レフィーヤ痛恨のミスである。

（うぅ大失態です～。でも後ろ姿が何となく似てるしっ、間違えるのもしょうが、な……ぃ）

戸惑う狐人《ルナール》の少女に目を向けていたレフィーヤの心の声は、尻すぼみになっていった。

少女はとても綺麗《きれい》だった。いや勿論《もちろん》アイズの方が綺麗だが？　いやいやタイプが違うので比べること自体間違っているが……とにかくレフィーヤが呆然《ぼうぜん》とするほど可憐《かれん》で美しかった。

どこかアイズを彷彿《ほうふつ》させる金の長髪に、彼女に負けないくらいの美貌《びぼう》、そんな少女と仲睦《なかむつ》まじく二人で歩く不届き者《ベル・クラネル》……………浮気《ギルティ》？

暴走するレフィーヤの頭脳は、次には大音声を解き放っていた。

「ア、ア、アイズさんという人がありながらっっ、浮気ですか貴女はぁ⁉」

「う、浮気ぃ⁉　ま、待ってくださいっ、そもそも僕アイズさんと付き合ってなんか……⁉」

「当然ですっ何を言ってるんですか貴女はァ‼　ただアイズさんを差し置いて他の女性と一緒に歩いているのが許せないって言ってるんですぅ！」

「りふじーんっ⁉」

「べ、ベル様と男女の仲だなんてっ……！　あぁ、春姫《ハルヒメ》はもう……！」

通りのド真ん中でギャーギャーと騒ぐエルフとヒューマン、そして頰《ほお》に手を当てて照れ恥じる狐人《ルナール》の三人組は、人々の注目を買うのだった。

だってありえなかったから……

『お仕事やりながらでええから、それとなくベートの様子も見といてくれへん？』

人造迷宮《クノッソス》の手がかりを得るため情報収集に繰り出す間際、アイズはロキからそんな指示を伝えられた。ティオナ達と衝突し【ファミリア】を出ていってしまったベートの捜索《そうさく》である。アイズにしかできる者はいない、という主神の言葉は心の中の幼女《アイズ》が『むんっ』と拳を握る程度には使命感を抱かせていた。気分はさながら極秘の命令を受けた特務員《エージェント》だ。

（まずはベートさんがいそうなところを探さなきゃ……）

館の外に出て、情報収集と並行しながらアイズはベートの行方《ゆくえ》を追った。『不安やったらレフィーヤ辺りに力を借りてもええ』というロキの助言を思い出し、素直に従うことにする。

「あ、レフィーヤ、ベートさんが行きそうな――」

「ア、ア、アイズさぁーんっ⁉」

街中で出くわした後輩を呼び止めようとした時、エルフの少女はこちらを認識するなり凄《すさ》まじい速度で駆け寄ってきた。アイズをぎょっとさせるほどの迫力で口を開いたかと思うと、

「エルフィが言ってたんですけどっ、ベートさんが他派閥の異性《ひと》とデートしてたって……⁉」

突如《とつじょ》、そんなことをのたまった。

「…………？」

それを聞いたアイズは、とても不思議そうに、首を傾《かし》げた。

「レフィーヤ……？　熱でも、あるの？」

「本当なんですアイズさん！　北の裏通りで見たって言うエルフィも腰を抜かして立てないくらいなんです!!　だからそんな可哀相《かわいそう》なものを見るような目を向けないでくださぁい!?」

感情の乏しい【剣姫】の本気で心配そうな面持ちに、レフィーヤは説得と悲嘆を織り交ぜながら泣き叫ぶ。レフィーヤ疲れてるんだ、と自己完結したアイズは「北にいるんだね、ありがとう」と言って別れた。「本当なんですアイズさぁーん!?」という悲鳴を背中で聞きながら。

（ベートさんが女の人とデート…………うん、ない、かな）

心の中で黒い特務員《エージェント》の服を纏《まと》った幼女《アイズ》も『ないなーい』と手を振りながら笑っている。

口を開いた一言目には「俺が弱い女が嫌いだ」と女嫌いを公言しているベートだ、万が一にも億が一にも女遊びなどありえない。それを悟ってしまうくらいには仲間《ファミリア》として長い時間を過ごしてきたのだ。断言できる。そう、アイズの思考が混濁《こんだく》し、常ならば言わない冗談を口にしてしまう程度には、ありえないことなのである。

「もし、本当にデートしてたら……逆立ちしながら謝ってもいい」

——それから三十分後。放心する彼女の心の中で、幼女《アイズ》が『すいませんでしたぁー!!』とプルプル震えながら逆立ちして、渾身《こんしん》の謝罪を行うのだった。

デートの裏側で

「はい、ベート・ローガ。あーん♪」

殺す。絶対に殺ス。

満面の笑みで匙《さじ》を差し出すレナを前に、ベートは血走った瞳《ひとみ》で決意した。

北の大通り裏手、街路に沿った茶房《カフェ》の一角である。迷宮探索《ダンジョン・デート》が終わった後、腹ごしらえのため立ち寄った店で、ベートは愚かにもこの様《ザマ》を迎えていた。「食べ終わったら露天商巡りするつもりなんだー」と幸せそうに語る眼前の少女が三倍増しで憎たらしくてしょうがない。

ベートが直面しているのは、いわゆる『あーん♪』であった。

料理をすくって食べさせようとするあれだ。ロキがアイズ達に懇願《こんがん》してやまず、くだらなさのあまりベートが唾棄《だき》し、絶対に俺はしねぇと心に誓っていた羞恥《しゅうち》プレイだ。

「あれ、食べてくれないの、ベート・ローガぁ～？　食べてくれないなら私、『鍵』の心当りを話せないいくらい落ち込んじゃうかもな～」

「てめぇ……!!」とこれ以上ないほど苦虫を嚙《か》み潰したような表情を浮かべるベートに、ケーキを差し出すレナはニヤニヤとした笑みを浮かべた。

ベートに拒否権はない。人造迷宮《クノッソス》の『鍵』の情報を得るためにも受け入れるしかない。というかこれだけでも遂げないと絶対に情報を教えないとレナが譲ろうとしない。

（こんなところ誰かに見られる前にさっさと終わらせるしかねぇ……！　クソッタレがぁ！）

追い詰められたベートの思考はもはや、傷を負うならまだ浅い方がいい、という結論に転換《シフト》しつつあった。ぎりぎりと思いっ切り歯を食い縛りまくる狼人《ウェアウルフ》は、覚悟を決めて身を乗り出し、匙を持つレナの左手を己の右手で握って引き寄せた。

「きゃっ、ベート・ローガ大胆！」

せめてもの抵抗として自分の力でケーキの塊を口に運んだ瞬間——まさかの時機《タイミング》で店の曲がり角から現れた白髪の少年が、その光景をばっちりと目撃した。

「えっ…………………………」

「————」

「あ、【リトル・ルーキー】だ」

信じられないものを見たかのように言葉を失うベル、凍りつくベートを他所《よそ》に、レナの暢気《のんき》な声が響く。次の瞬間、狼人《ウェアウルフ》の顔から耳までかけて灼熱《しゃくねつ》の羞恥が焼き焦がした。

「ご——ごめんなさぁあああああああああああああああああい⁉」

「おい待てェ⁉　逃げんなァ⁉　勘違いするんじゃねぇえええええええええええ‼」

何故《なぜ》か逃げ出した少年を追いかけ捕獲してみせたベートは、脅迫《きょうはく》まがいの言動で『今見たものを絶対に喋るな』と、そう誓わせたのだった。

サヨナラの代わりに――アリガトウ

その最期《さいご》を前に、リーネはとある日の情景を思い出していた。

――私はまだ、ベートさんの言う『雑魚《ざこ》』です。でもベートさん達を癒すことはできます。

――だから、私も貴方《あなた》に付いていって……いいですか？

以前リーネがベートに尋ねた言葉。傷付いた彼の手を取って、治癒の光で癒しながら。

少女の弱さを責めていた狼人《ウェアウルフ》の青年は、時間を置いた後、答えてくれた。

『……勝手にしろ。治せるものなら、治してみやがれ』

そう言ってくれたのだ。嬉《うれ》しかった。胸を高鳴らせる温もりが止まらなかった。いつか彼の『傷』を癒して、埋めてあげたい。そんな願いを抱くようになった。

けれど、それももう叶わない。

「てめぇも、他の連中も無駄死にだ。自分《てめぇ》の甘さと自分《てめぇ》の弱さ、もう忘れねえように死ぬほど呪《のろ》え。死ぬほど恥じろ。ダセェ死に方でくたばった、この後もな」

ベートの嘲笑《ちょうしょう》が響いている。息絶《いきた》えた仲間とリーネの血に彩られた人造迷宮《クノッソス》の石室に。

それが来世に向けられた言葉であることをリーネは理解していた。こんな時まで彼は強者の意地を貫き通す。強者としての責務を果たそうとしている。とても強い、傷だらけの狼《おおかみ》。

私がこの人を『傷付けて』しまった。治療師《ヒーラー》としての約束を違《たが》えてしまった。それがとても悔しくて、申し訳なかった。彼の言う通り、最後まで『弱者』であった己を恥じ、悔いた。

「じゃあな。もう二度と俺の前に現れんじゃねーぞ。二度と、巣穴から出てくんな」

音が遠のいていている。視界が狭い。避けられない死が間近に迫っている。

もうリーネの目は、ベートしか映していなかった。

少女の腕《アイズ》の中で、ベートだけを見つめていた。

喋《しゃべ》れない唇《くちびる》の代わりに、絡めた視線に謝罪と後悔を滲《にじ》ませるリーネに、彼は嘲笑を消す。

「馬鹿野郎……」

そして、最後にそう呟《つぶや》いた。

「お前の手に、十分救われた……」

リーネの目が見開かれる。

そして、その瞳《ひとみ》から涙がこぼれ落ちた。

最後に小さな微笑を浮かべて、ゆっくりと目を閉じる。

安らかな表情で、ほのかな恋心が報われたように。

その温かな想いを胸に抱き、救われながら、少女は逝った。

彼女が最後に思ったことは一つ。

――この人を、好きになれて良かった。

外伝
9巻
帰還の後
アニメイト購入特典
少女と狼のその後
ゲーマーズ購入特典
親の素質
とらのあな購入特典
鍛冶師の追憶
メロンブックス購入特典
イラスト：はいむらきよたか

帰還の後

「ただいま……リヴェリア」

「ああ。おかえり、アイズ」

アイズとリヴェリアが笑みを交わす。それをティオナ達も笑いながら見守っていた。

都市外、『エダスの村』から帰還したアイズを、【ロキ・ファミリア】の団員達は出迎えていた。

明るい太陽の下、感謝と謝罪を伝える少女を中心に穏やかな空気が流れていたが、

「──それで、アイズさん」

ぬう、と目の色を豹変《ひょうへん》させたレフィーヤが、アイズに詰め寄った。

「誘拐されたヘスティア様をっ、あ、あ、あのヒューマンと一緒に追いかけたって聞いてますけどっ……この五日間、どこで過ごしたんですか⁉」

「……？」

「あんな雨が降っていた山奥で……まままままさかっ、洞窟《どうくつ》の奥で三人きり、ふふふふふ服を脱いで身をあああああ温めあったとか……！」

アイズ達がエダスの村で過ごしたことを知らないレフィーヤは、無難な発想と過度の妄想によって危惧を抱いていた。憧れの剣士が憎き好敵手とあんなことこんなことしてやいないかと。

ティオネやベート達《たち》団員が呆《あき》れる中、アイズは小首を傾《かし》げる。

「と、とにかくっ、あのヒューマンに変なことされませんでしたか⁉」

その時、『変なこと』という単語を聞いて、アイズにとある記憶が蘇《よみがえ》った。

少年の相談に乗ろうとして、断られて、ムキになって、詰め寄って、押し倒した……思い出すと黒歴史確定の事件に、アイズは羞恥《しゅうち》を感じ、頬《ほお》を赤らめてしまう。もじもじしながら。

ぎょっとなるレフィーヤ＋団員一同。

「ア、アイズさん⁉　ま、まさか、本当に変なことをされて……！」

「違うの……私が、変なことしちゃって……」

「⁉」

「ベルを捕まえて、寝台《ベッド》に、押し倒しちゃって……」

『え、えええええええええええええええええええええええええええええええええ⁉』

絶叫する都市最大派閥《ロキ・ファミリア》。

レフィーヤを筆頭に天を仰いで倒れ込む剣姫親衛隊の団員達。他にもアマゾネスの双子は俄然《がぜん》テンションを上げて盛り上がり、狼人《ウェアウルフ》の青年は硬直したりなど、とにかく地獄絵図だった。

「馬鹿者……やはり、世話がかかる」

一人、少女の天然が炸裂《さくれつ》したことを悟るリヴェリアは、もじもじと顔を赤くするアイズの側で、疲れたように眉間《みけん》を揉《も》みほぐすのだった。

少女と狼《おおかみ》のその後

「いきなり『俺と一緒に来い』だなんて、ベート・ローガったら乱暴なんだから！　でもそんな強引なところが好き！」

「黙ってろガキ女！」

日が沈み、月が輝く夜。オラリオの南西部『歓楽街』、その中の『復興区』で少女《アマゾネス》と狼人《ウェアウルフ》の声が鳴り響く。その後方では、【ロキ・ファミリア】の女性陣が付いてきていた。

迷宮都市に攻め寄せた王国《ラキア》との開戦から五日目の夜。撤退することを決めた【ロキ・ファミリア】の中で、ベートは同じ戦場にいたレナ・タリーを強引に連れ出した。宙づり状態になっている人造迷宮《クノッソス》の『鍵』の捜索《そうさく》を再開させるためだ。今はレナがそれらしきものを見たという『女神の宮殿《ベーレト・バビリ》』に向かっている最中である。

「ベートうるさーい。ギルドの見張り役に見つかっちゃうじゃーん」

「しかも結構、満更じゃなさそうよね」

最有力の『鍵』の手がかりを求めて大所帯でぞろぞろと移動する中、ベート達の後方でティオナとティオネが間延びした声を出す。

「もう結婚しちゃえばいいじゃーん。その娘《こ》ちょっとアレで怖いけどー」

「そうよ、あんたを好きになってくれる物好きなんてリーネとその娘《こ》以外いないわよ」

「ありがとう、同胞《どうほう》！　レナちゃんはベート・ローガと結婚しまーす‼」

「蹴り殺すぞ糞《くそ》アマゾネスどもォ⁉」

レナが片手を上げて満面の笑みを浮かべる横で、ベートの怒号が爆散する。憤激する彼はやってられるかとティオナ達を置いてさっさと歩いていく。レナは慌ててその後を追った。

そして、二人だけで肩《かた》を並べた時、レナはふざけた素振りを消す。

ほのかな笑みを浮かべながら、ベートの隣で囁《ささや》いた。

「ねぇ、ベート・ローガ」

「あんだよ」

「お花、ありがとう」

ベートの耳が揺れる。

「覚えてくれて、嬉《うれ》しかった」

「うるせぇ」

「あそこにあって、涙が出そうになった」

「うるせぇ」

「ありがとう。大好き」

「……うるせぇ」

親の素質

「ほんま、リヴェリアも母親《ママ》の貫禄《かんろく》が出てきたな〜」

「……ロキ、しつこいぞ。私をからかうな」

「ははは、以前のように強く否定しないだけ、自覚はあるのではないか、リヴェリア」

本拠《ホーム》の執務室にロキ、リヴェリア、ガレスの声が響く。

うららかな昼下がり。たまたま集まった三人は気ままに会話に興じていた。今の話題は最近幼いアイズのことを追懐しては物思いに耽《ふけ》っているリヴェリアについてだ。

「リヴェリア、アイズたんの手がかからんようになって、実は寂しいんやないか〜」

「馬鹿を言うな。あの娘《こ》の成長に喜ぶことはあれ、寂しがることなんてありえん」

「いやいや、わからんぞ。お主のことじゃ、いざアイズが伴侶《はんりょ》でも見つけて巣立とうという時、何も言わず切なそうにしてそうじゃ」

「ガレスのアホォ！　アイズたんをどこの馬の骨とも知らん野郎に渡すかァー！　うちのプリティーエンジェルアイズたんはずっとうちのもとで幸せに暮らすんじゃー！」

「何でお主が怒っとるんじゃ……」

はぁ、はぁ、と肩《かた》で息をするロキは、再びリヴェリアをからかうべく口端を持ち上げる。

「でもまぁ、アイズたんがもし、本当にもし将来のお婿さんを見つけてきたとして……リヴェリアは口うるさそうやな〜。お前なんぞに娘はやれん！　って。フヒヒ〜」

　ロキが何気なくそう言った瞬間、

「──当然だ」

　リヴェリアの口調が、がらりと変わった。

「あの娘《こ》の伴侶はしっかりと見極めなくてはならない。愚かな輩《やから》などこの私が許さん。そうだな、具体的には理知的な人物が好ましい。エルフほどの教養、とまでは言わん。だが最低限の品性は必要だ。何より人格。これがなければ話にならない。あとは望むのは酷だとわかってはいるが、私が安心してアイズの隣を任せられる資格は欲しい。下品な言い方になるが腕っぷしということになる。アイズと添い遂げたければ私を倒してからにしろ、などと前時代的なことは言わないがせめてあの娘と同程度の力量がなければ。種族の問題はまぁ目を瞑《つむ》ろう、あの娘が愛しているというのなら少々思うところはあるだろうがドワーフだって祝福する。だが神々だけは絶対に除外だ。精霊に縁があるあの娘の傷を抉《えぐ》って──」

（……あかん、母親だけやなくて父親《ちちおや》属性も持っとった）

（本当にエルフは面倒くさいのぅ……）

　滔々《とうとう》とアイズの伴侶について語るハイエルフを前に、ロキとガレスは遠い眼差《まなざ》しをするのだった。

鍛冶《かじ》師の追憶

ああ、あれは死ぬ。

それがアイズを初めて見た、椿《ツバキ》の印象だった。

実は椿《ツバキ》は直接契約を結ぶガレスから話を聞くより前に、金髪金眼の少女を見かけたことがあった。当時の椿《ツバキ》はそれがアイズだとは認識していなかったが。

武器を試し斬りするために迷宮の『上層』を下る中、少女は鬼気迫る勢いで怪物《モンスター》を屠《ほふ》り続けていた。顔を汚しながら、いくつもの傷を負い、人形のような表情で——しかしその瞳《ひとみ》を黒い炎に焼かれながら。少女は、まさに椿《ツバキ》達鍛冶師《スミス》が作り出す『剣』そのものだった。

無意識にせよ己を一振りの剣としてしか捉えておらず、その剣身を酷使《こくし》し続ける。

「まだ折れておらぬ剣なら、そこにあるであろう？」

だから、少女と初めて言葉を交わした時、椿《ツバキ》はそう言ってやった。

限界の果てを超えて、いつ折れるか。それだけが気になっていた。

（おや……？）

だが、いつかと同じようにダンジョンで少女を見かけた時、椿《ツバキ》は首を傾《かし》げた。

怪物《モンスター》を必死に倒し続ける姿勢はそのまま、しかし以前とは異なり少女は『剣』である自分の体を乱暴に扱ってはいなかった。本当に僅《わず》かな差異だったが。

何より、戦闘が終わった後、お目付け役のハイエルフに汚れた顔を素直に拭かれる少女を見て、ほぅ、と思った。あの『人形姫』があのような表情をするとは、と。

「……あの」

「む？　なんだ、また来たのか？　お主の武器は打ってやらんと言っただろう」

そして、それから数日後のこと。ガレスに聞いたのか、アイズは椿《ツバキ》の工房に訪れた。

一言目には断ろうとした彼女に、金髪金眼の少女は首を横に振った。

「剣、じゃない………髪留めを、作ってほしい」

うつむいて、その丸い頬《ほお》をうっすらと染めながら。

「……誰かへの贈物か？」

「ち、ちがうっ。……ただ、伸ばしてる髪が……邪魔《じゃま》そう、だったから……」

か細い声を落とす少女に、椿《ツバキ》は眼帯をしていない右眼を細め、笑っていた。

「いいぞ、作ってやる。あと代金は要らん。この仕事は、気が乗った」

驚くアイズを前に、椿《ツバキ》は金の髪留めを片手間で作ってやった。顔見知りであるハイエルフの翡翠《ひすい》の髪に似合うよう、少女と並ぶその後ろ姿を思い浮かべながら。

――存外、この剣は折れんかもしれん。

将来、『剣』は鞘《さや》を見つけられるかもしれない。

変わりゆく少女を前に、一人の鍛冶師はふとそんなことを思うのだった。

外伝
10巻
だから少女もまた、走り出す
本書にて初公開

イラスト：はいむらきよたか

だから少女もまた、走り出す

それは人造迷宮《クノッソス》から撤退し、ダンジョン12階層でフェルズ達——異端児《ゼノス》達とフィンが『交渉』を済ませた後の出来事だった。

理知を備えているとはいえ、モンスターと取り引きを交わすという事態に誰もが口を噤《つぐ》み、けれどアリシアを始め全ての団員が深い思考に沈む中、レフィーヤはただ一人、顔を上げた。

何か、そう、『予感』はあった。

ダンジョンの正規ルートに出た際、『漆黒の暴風』が過ぎ去ったように、木っ端微塵《こっぱみじん》となったモンスターの亡骸が幾多も転がっていたから。耳の奥で、恐ろしい『猛牛』の咆哮《ほうこう》を幻聴してしまうほど、それら屍《しかばね》の破片は地上に続く帰路をなぞるように点々と散らばっていたから。

怪物《なにか》が上層《ここ》を通って迷宮の奥深くへ帰っていった。

ならば、その怪物《なにか》と戦っていた少年《だれか》はどうなった——？

そう思った瞬間、レフィーヤも脇目振らず走り出していた。

「レフィーヤ！」

「すいません、先に地上に戻ります！」

部隊から飛び出した場所は9階層。

師《リヴェリア》の声を背後に置き去りにし、居ても立ってもいられなくなったレフィーヤはひたすらに走った。決して、絶対に、必ず、あるわけがないが、万に一つでも少年《だれか》の所持品や遺体《からだ》が転がっていないか見落とさないよう、何度も顔を左右に振りながら、辺りを何度も見回して、上へ上へと駆け上がった。不思議なことに——未だに猛牛の行進を恐れるように——モンスターが一匹たりともレフィーヤの前に現れない中、ダンジョン1階層へと到着する。

「————」

『始まりの道』とも呼ばれる大通路を抜けた先、『バベル』直下の空間には、目を疑うような破壊痕が刻まれていた。

まるで小隕石が炸裂したかのような惨状。既に始まっているダンジョンの修復をもってしても未だに復元できる兆しがない。慌てて罅《ひび》だらけの窪地中心地に駆け寄るも、そこは蛻《もぬけ》の殻だった。誰もいない。『バベル』の石材や壊れた魔石灯だけが転がっている。弾《はじ》かれたように頭上を見上げると、一部が壊れた螺旋階段と、かすかに灯りが見えた。

レフィーヤは、再び駆け出した。

壊れかけの螺旋階段を跳ぶように上り、『バベル』地下一階、更に驚く憲兵《ガネーシャ・ファミリア》達の脇を抜け、とうとう地上へと。

そして。

「あ…………」

大穴がブチ開けられた大広間。

巨大な花のステンドグラスを彷彿《ほうふつ》とさせる床が、今は見る影もない、『バベル』の一階。

そこに多数の治療師《ヒーラー》と、両膝をつくハーフエルフ、そして彼女に手を握られる少年がいた。

「治療師《ヒーラー》は足りてます！　それよりも担架を！」

「粘着性癒宝晶《ジュエルジェル》の敷物《マット》が付いたやつ！　脊椎の破損が酷い!!」

「愚か者だろうと何だろうと、あんな激闘《たたかい》を繰り広げた冒険者を喪っては駄目!!」

熱に浮かされたように、いや『死闘の熱』に当てられたように矢継ぎ早に飛び交う治療師《ヒーラー》達の大声は、レフィーヤの耳を素通りしていった。

紺碧色の瞳が映すのはただ一点、切なそうな眼差しでハーフエルフの女性に手を握られる、少年の目もとだった。

夥《おびただ》しい血に塗れた前髪のせいで、あの深紅《ルベライト》は見えない。

しかし前髪の奥から、今も大粒の滴が溢れ、血濡れの頬を洗っていた。

もはや声は枯れきったのか、乾いた笛のような嗚咽《おえつ》を漏らし、みっともなくしゃくり上げては、喉も胸も震わせている。

それは『悔し涙』だった。

レフィーヤは一度だって見たことのない、少年が本気で漏らす悔し泣きだった。

レフィーヤの前では、どんなに情けなくても、泣きべそをかいても、彼はあんな風に泣いたことはない。

人目もはばからず、声にならない声を上げて、泣き喚いたことなんてない。

レフィーヤはそれが衝撃で、言葉にできなくて、何よりも、何よりも悔しかった。

一体『少年の好敵手《だれ》』に嫉妬して、妬んでいるのか、それすらも理解できないくらい、視線の先の光景が、悔しかった。

（……また、強くなる）

あの少年は、再び。

『猛牛』との――『好敵手』との敗北を乗り越え、今よりももっと速く、これまでよりずっとたくましく、成長していく。

（絶対に、強くなる）

いっそ『覚醒』と言っていい程に、あの少年は殻《から》を破る。そんな『予感』という名の確信。

小さな手を握りしめる。

握りしめる杖と一緒に、思いを新たにする。

「絶対に、負けない」

彼の好敵手《ライバル》は――私だ。

慰めも助けも要らない。自分が彼の立場だったら蹴り返す。

だから、その想いだけを心の奥底に刻み、レフィーヤは彼に背を向けた。

自らもまた、彼に負けないよう、走り出すために。

外伝
11巻
戻らない追想
アニメイト・ゲーマーズ・とらのあな・メロンブックス共通購入特典
イラスト：はいむらきよたか

戻らない追想

「ちょっとええか、フィルヴィスたーん」

それは二ヵ月以上も前。

【ロキ・ファミリア】が人造迷宮《クノッソス》に初めて進攻《アタック》を仕掛けようとしていた時のことだった。

彼等と行動をともにしていたフィルヴィスは、迷宮の門前、地下通路内で主神のロキに呼び止められた。

「力を貸してくれんのは助かるんやけど……あのキザ男はどうしたんや？」

「……ディオニュソス様は、いません。ですが指示を頂きました。貴方達に助力せよと」

普段と変わらぬ笑みを纏《まと》うロキに、フィルヴィスはそう答えていた。

しかし、その言葉には嘘《うそ》があった。

この同行は主神の指示ではなく、フィルヴィスが独断で動いていた。

何故か、と問われれば、理由は一つしかない。

「ほぉ～……じゃあ、もう一つ質問な」

そんなフィルヴィスに、朱髪の女神は片目をうっすらと開き、問うたのだ。

「ディオニュソスは、何かうちに隠し事をしとらんか？」

不意の鋭い声に、フィルヴィスは肩を揺らしてしまった。

動揺と言ってもいい。同盟相手である派閥の主神に、探りを入れられていると。

だが、それも一瞬。

神の眼の前で、フィルヴィスは瞼《まぶた》を閉じ、沈黙を纏う。

『黙秘』。

それは嘘を見抜く神々に対し、下界の住人が唯一取れる抵抗にして、有効打だ。

嘘や隠し事を見抜かれても、その胸の奥に秘める内容だけは神々でさえ見透かすことはできない。天界であった主神の凶事。それに関連すること。全て聞いている。だが今それを語り、ロキに余計な不信感を与えるわけにはいかない。

主神を守るために沈黙を貫いていると、やがてロキは嘆息した。

肩を竦《すく》めながら、詰問の雰囲気を霧散させる。

「じゃ、これが最後の質問な。……なんで自分、レフィーヤにそんなに構うんや？」

瞼を開け、赤緋《せきひ》の瞳で見つめ返す。

その問いに対してだけは、フィルヴィスの答えは決まりきっていた。

「私は、レフィーヤを守りたいのです」

この言葉に決して偽りはない。

フィルヴィス・シャリアはレフィーヤ・ウィリディスを守りたいと思っている。死なせたくないと願っている。

絆《ほだ》されてしまった。弁明のしようもない。こうして主神の命に背いてしまうほどに。

あの少女は知らない。

同胞である彼女に『美しい』と言われた時、フィルヴィスが何を思い、何を感じたのか。彼女の偽りのない言葉がどれだけ自分を変えたのか、何も。

フィルヴィス・シャリアは、レフィーヤ・ウィリディスを愛している。

友として。同胞として。あの心優しい少女を。

それだけはフィルヴィスの本当だ。

誰にも否定させない、フィルヴィスの真実だ。

その想いは果たしてロキにも届いたのか、彼女はパーティへの同行を許したのである。

「フィルヴィスたんは、レフィーヤの騎士様《ナイト》やな」

最後にそんなことを言って、フィルヴィスのことを赤面させながら。


「…………」


何故、今、こんなことを思い出すのか。

二度目の人造迷宮《クノッソス》攻略作戦、『第一進攻』の開始目前。

あの日、あの時と同じ地下通路内でフィルヴィスは思いを過去に飛ばしていた。

張り詰める空気、今か今かと前のめりになる数多《あまた》の冒険者達。

作戦開始の号令を待つ者達に囲まれながら、自分の感情がわからないまま、フィルヴィスは隣を一瞥《いちべつ》する。

杖《つえ》を両手で握り締める同胞の少女は、緊張の面差しで、しかし決然と魔窟の『門』を見据えていた。

『作戦開始‼』

水晶より響き渡る指揮官の声。

雄叫《おたけ》びを上げ発走する冒険者の集団。

自らもまた少女と肩を並べて走り出しながら、心の中で呟《つぶや》く。

――お前だけは私が守る。

その覚悟を胸に、フィルヴィスはレフィーヤ達と、『運命』が待つ地下迷宮へと飛び込むのだった。

外伝
12巻
物語の中で出会ったような君に
アニメイト購入特典
花束の代わりに捧ぐ狼の咆哮
ゲーマーズ購入特典
勇者の誓い
とらのあな購入特典
とある決戦前夜
メロンブックス購入特典
イラスト：はいむらきよたか

物語の中で出会ったような君に

「……六体の大精霊が歌い合わせることで、馬鹿げた『破壊』が起きる。そういうことね？」

「は、はい……。僕が読んだ物語には、そう書いてありました」

張り詰めた表情をする姉《ティオネ》の確認に、白髪の少年は戸惑いながら頷《うなず》いた。

うららかな陽気の下、街路で偶然出くわしたベルから、ティオナ達は『精霊の六円環』の情報を聞き出していた。およそ彼女達が求める最後の謎の欠片《ピース》を。

『核心』に至ったティオネとアイズは頷き合った。ベル達への別れの挨拶も半ば、一刻も早くフィン達に報せようと動き出そうとする。

そんな中、ティオナだけは、まるで『英雄譚《えいゆうたん》』の登場人物のように助言を授けてくれた少年を、じー、と見つめていた。

次には、むにゅり、と彼の頬を両手で挟んでいた。

「ティ、ティオニャひゃんっ？」

むにゅむにゅ、と両の頬《ほお》をいいようにこねられるベルが、目を白黒させる。

次第にその顔が赤面していく中、「なにやってるんですかぁー！」とキーキー抗議の声を上げる小人族《パルゥム》の少女を脇に、ティオナはベルを凝視し続けた。

「アルゴノゥト君は何でも知ってるね」

「えっ……？」

「あたし、やっぱり君と、もっといっぱい話をしたいな！」

そして、天真爛漫《てんしんらんまん》に笑う。

本拠《ホーム》に戻ろうとするティオネ達に声をかけられる中、目を見開く少年に向かって破顔した。

「ありがとう！　助けてくれた君の分まで、あたし達、頑張るから！　すぐにまた会いに行って、君とお話できるように！　これからも笑い合えるように！」

そう言って、手を振りながら、背を向けて駆け出す。

自分が勝手に決めた大切な『約束』と、その決意を胸にして。


「何だったんでしょう、今のは？」

「……わからないけど……」

ティオナ達が去っていった人混みの中で、小人族《パルゥム》の少女と少年は立ちつくす。

「でもティオナさん達……『冒険』へ行く時のような……そんな顔を、してた気がする……」

憧憬《しょうけい》の少女達の張り詰めた横顔、そしてティオナが最後に残していった太陽のような満面の笑みを、その深紅《ルベライト》の瞳が忘れることはなかった。

全てが『巡り合わせ』だというのなら、その時既《すで》に『種』はまかれていたのかもしれない。

花束の代わりに捧ぐ狼の咆哮

風が流れ、草花を鳴らし、土の下に眠る『死者』達に、気概《きがい》に満ちたその思いを届ける。

銀靴《フロスヴィルト》や不壊双剣《デュアル・ローラン》を身に纏《まと》い、身も心も戦備を整えたベートは一人、夕刻の光に照らされる墓標の前に立っていた。

数えきれない死者が埋葬されたその場所は、『冒険者墓地』。

ベートの前に築かれた墓碑に刻まれているのは、少女の名前《リーネ・アルシェ》。

彼女以外にも【ロキ・ファミリア】の仲間の墓が多くある。彼等に囲まれながら、ベートは何も言わず、何も手向《たむ》けず、ただ黙って見つめ続けていた。

「まったく、一人でコソコソと行かずともよかろう」

そこに声がかかる。振り向けば、呆れ顔を浮かべているのはガレスだった。彼も武装で身を固め、その手には多くの花束があった。今夜に控える『第二進攻』を前に、忙しいフィン達の代わりに花を手向けに来たのだろう。ベートは舌打ちし、彼に背を向けた。

「ジジイ、てめえは何も見てねえ。いいな」

「おう、そういうことにしてやる。が、見てしまった者には何も言えんぞ」

その場を後にしようとしたベートの足が、止まる。

頭上の獣の耳を揺らしながら、ゆっくりと振り返ると、したり顔のガレスの巨体の陰には、腰を折って隠れていた少女——兎人《ヒュームバニー》のラクタが「あわわわっ」と慌てふためいていた。

ベートは無言で、ずかずかと大股で近付き、少女の胸ぐらを摑《つか》み上げる。

「誰にも言うんじゃねえ」

「えっ、あ、うえっ……⁉」

「言うんじゃねえぞ！」

「は、はいっっ⁉」

混乱しているラクタの眼前で怒鳴りつけ、無理矢理約束させる。

ベートは苦虫を噛《か》み潰したような表情を浮かべながら、今度こそ立ち去ろうとした。

「ベートさん‼」

その時、少女の大きな声がベートの背中を呼び止める。

「こ、この戦いっ……勝ちましょうね！」

怒鳴られたというのに、感極まってでもいるのか、瞳を潤ませながらそんなことを言ってくる。

立ち止まったベートは、はっきりと不機嫌さを滲《にじ》ませながら振り返った。

「当たり前《めぇ》だろ‼」

死者達の墓を震わせる咆哮に、ラクタは泣き笑いのように破顔し、ガレスもまた口端を上げるのだった。

勇者の誓い

「団長、失礼します——あっ」

　ノックの音、そして立ち止まる気配が伝わる。フィンはそれに対し、今だけは反応せず、壁に飾られた絵画風織物《タペストリー》と一体の女神像の前で瞑目《めいもく》していた。

　床に片膝をつき、胸に片手を添えるその姿はあたかも『騎士の誓い』のようだった。

「す、すいませんっ、お祈りの時間中に……」

「いや、大丈夫だよ。ガレス達に邪魔されることだってあるし、そもそも鍵をかけていなかった僕が悪い」

　目を開けて立ち上がると、扉の前で固まっていたティオネがしおらしく謝ってくる。

　フィンはそれに笑みを返した。

「準備完了の報告かな？」

「はい……五つの部隊、もう全て出れます」

　フィンもティオネも、長槍《ちょうそう》や湾短刀《ククリナイフ》を始め武器と防具を身に纏い、完全武装している。

　最終決戦当日。『第二進攻』出撃直前。

　窓の外は夜に包まれている。深い藍色は海のようであり、青い炎のようですらあった。

「……今も、一族の女神《フィアナ》に勝利を祈願していたんですか？」

小人族《パルゥム》が信仰する架空の女神『フィアナ』。一族の栄光をフィンが崇拝していることは他の団員達も知るところだ。大きな一戦の前、必ず祈りを捧げることも。

ティオネの問いに対し、フィンは答えた。

「いいや、『決別』を告げていた」

「――えっ？」

その言葉に、ティオネの目が驚愕《きょうがく》に見開かれる。

「もう女神《フィアナ》を目指すことは止める。代わりに、女神《あなた》を超える『光』になる。だから、見守っていてほしいと」

そして続いた言葉に、より一層、双眸《そうぼう》が大きく見開かれた。

前よりももっと不敵で、力強く、雄々しくなったフィンの笑みに、見る見るうちに頬《ほお》を上気させ、満面の笑みを浮かべる。

「今の僕は嫌いか、ティオネ？」

「いいえ、惚《ほ》れ直しました！」

「なら行くぞ。――神に勝ちに行く」

「はい!!」

愛する者への想いを新たにする女戦士とともに、勇者は戦場へと出陣するのだった。

とある決戦前夜

「リヴェリア。あの人は、私がやる」

人造迷宮《クノッソス》『第二進攻』を目前にしたその日、アイズはリヴェリアにそう申し出ていた。

場所は本拠《ホーム》の塔間に存在する空中回廊。満天の星に見下ろされながら、呼び出したリヴェリアと、今は二人きり。進攻作戦の中でアイズと同じ第二部隊を指揮するハイエルフは、すぐに返事をせず押し黙っていた。その翡翠《ひすい》色の瞳には少女の身を案じる懊悩《おうのう》の色が存在する。

「…………」

アイズの言う『あの人』とは最強の敵、怪人《クリーチャー》レヴィスのこと。

リヴェリアの本心としてはそのようなアイズの申し出、却下したいところだろう。しかし六体の『精霊の分身《デミ・スピリット》』を相手取らなければならない以上、レヴィス撃破に戦力を割くことはできない。あの赤髪の怪人《クリーチャー》が真実アイズ一人を狙うというのなら、彼女を押さえ込むには【剣姫《けんき》】たる少女に任せるしか方法がないことを、聡いリヴェリアは理解していた。

「……勝てるんだな？」

「勝つ。絶対に」

問うてくるリヴェリアの眼差しに、アイズは目を逸らさない。

剣のごとき意志を瞳に宿す少女に、リヴェリアは吐息をつくように、肩から力を抜いた。

「……わかった。お前の大幅な能力値《アビリティ》の上昇はロキからも聞いている。奴の相手は任せる」

「リヴェリア……ありがとう」

リヴェリアの返答に、アイズは安堵《あんど》した。同時に、信じてくれる彼女に感謝も抱いた。

「しかし、短期間で熟練度上昇250超過《オーバー》とは……一体なにをした？」

「それは、【フレイヤ・ファミリア】で、【猛者《おうじゃ》】に特訓してもらって――」

少し気を良くしたアイズはそこまで口を滑らせて――「はっ⁉」と肩を揺らした。

先程まで微笑を浮かべていたリヴェリアから、超極寒のオーラが立ち昇っていたのである。

「なるほどな。迷宮《ダンジョン》にこもった程度ではありえないと思っていたが……そういうことだったか」

アイズは『第一進攻』直前まで行っていた修行の内容をリヴェリア達に話していなかった。

十中八九怒られると悟っていたからである。言うまでもなく、敵対派閥《フレイヤ・ファミリア》に単身乗り込んで鍛練を申し込むなど超絶禁止事項《スーパー・アウト》。

誘導尋問！　カマをかけられたのである！

「リ、リヴェリアッ、待って……！　私も、強くなりたくて……！」

「いつも言っているな？　派閥幹部としての自覚を持てと。……久しぶりに矯正してやる」

決戦前夜、まさかの説教を問答無用に頂戴したアイズは、ぬわぁー、と悲鳴を打ち上げるのだった。

ファミリアクロニクル
episode リュー
ビギナーズ・ラック？
アニメイト・ゲーマーズ購入特典
幻の二人目師匠
とらのあな購入特典
その時、リュー・リオンは体を震わせた
メロンブックス購入特典
イラスト：ニリツ

ビギナーズ・ラック？

「何をやっているのですか、一体……」

酒場の休憩時間。丸卓を挟んで切札《トランプ》に興じているシルとベルを見て、リューは呆《あき》れた表情を見せた。顔を上げたベルは「あ、リューさん」と空笑いをする。

「アーニャさん達にいきなり捕まっちゃって……ポーカーの規則《ルール》、よく知らないんですけど」

「白髪頭《しらがあたま》、ミャー達の仇《かたき》を討つのニャア！」『戦争遊戯《ウォーゲーム》も制した少年の幸運でこの女に一矢報いるのニャッ……！　シル死すべし！』『頼んだよ、冒険者君！』

自分達の恨みつらみにベルを巻き込む同僚達に、リューは嘆息してしまう。

一方、少年の対面でにこにこと笑うシルは勝者の余裕を崩しはしない。

「これで負けた方は言うことを何でも聞くっていう約束なの。ベルさん、今の私の手札はフルハウスかもしれませんよ？」

容赦《ようしゃ》なく兎《うさぎ》を狩りにいくシルに「ちくしょう、また神引き……！」「もうダメニャ、おしまいニャァ……！」「白髪頭《しらがあたま》使えねぇニャ〜」とルノア達が口々に天を仰ぐ。嘘《うそ》を見抜ける『眼』まで駆使するシルは「え、え〜？」と困り果てるベルに勝利を確信したのか瞳《ひとみ》を光らせる。

間もなく勝負の時を迎え、予告通りシルはフルハウス。一方のベルは、

「あ〜……駄目です。ペアが一つしかできないや。あははは……」

これは自分の負けだと苦笑しながら手札を卓上に広げる。開示されるのは貨幣《ダイヤ》の6と同マークの10、8、7、そして道化師《ジョーカー》。リューはその手役《ハンド》を見て……愕然《がくぜん》とした。

「クラネルさん……それは、ストレートフラッシュです」

指摘した瞬間、「「「「えっ？」」」」とベルやシル、アーニャ達の目が点になる。

彼女の言う通り、全てはよく規則《ルール》を把握していない初心者《ビギナー》が招いた珍事だった。シルの『眼』がいくら相手の胸中《きょうちゅう》を読み取ろうと、本人が手役《ハンド》を理解していなければ何も意味がない。

「白髪頭でかしたにゃああああああああああああああああああああ!!」

「イヨッシャァアアアアアアアアアアアアアアアアアアアアアアア!!」

「シルざまぁああああああああああああああああああああああああ!!」

「え、えぇぇ〜〜〜〜〜〜〜〜〜〜!?　うそぉー!?」

狂喜乱舞《きょうきらんぶ》するアーニャ、クロエ、ルノア、そして涙目のシルの叫び声が響き渡る。

まさかの初敗北を喫した街娘は、少年から命令権を奪った同僚達によって、全ての雑用を押しつけられる羽目となった。

「無垢の幸運《ビギナーズ・ラック》……恐るべし」

酒場に「オラオラ働くニャァ!!」「ふぇ〜ん!?」と少女達の声が木霊《こだま》する中、リューは唖然《あぜん》とするベルを横目に、そう呟《つぶや》いてしまったのだった。

幻の二人目師匠

「来て頂いてありがとうございます、クラネルさん。これからよろしくお願いいたします」

「こ、こちらこそ⁉」

朝焼けが始まっていない早朝、酒場の内庭。差し出されたリューの手をベルが握った。

大賭博場《カジノ》の騒ぎから数日後。リューと約束を結んでいたベルは朝稽古《あさげいこ》に臨もうとしていた。

木刀を持って簡素な格好《ラフ》をしている彼女を前に、刃を潰した訓練用のナイフを持っている。

「こちらの我儘《わがまま》に付き合って頂いて、本当にすいません。こんな朝早くから……」

「い、いえっ！　僕もリューさんみたいに強い人と訓練ができるなんて願ったりですし！」

ベルは慌てながら「僕だって強くなりたいんです！」と本音を語る。憧憬《しょうけい》に追い付くため、
こうして凄腕《すごうで》の元冒険者の稽古に参加させてもらうのは非常に有意義なものだった。

（アイズさんにも教えてもらったけど……リューさんが二人目の師匠、なぁんて）

と、くすぐったく思いながらも笑っていると、対面にたたずむリューは目を細めた。

「いい目だ……そうですね、シルの隣に立つのなら強く在らなければ」

「えっ」

「最初は私の鍛錬に付き合ってもらう程度に考えていましたが、予定を変更しましょう。クラネルさんの鍛錬も含めて実戦形式で進めていきます」

何か今、意味のわからないことを言われた挙句、非常に不穏《ふおん》な空気が流れ始めていることを直感したベルだったが、時はすでに遅かった。

「――行きます」

眼差《まなざ》しを鋭くする宣言のもと、エルフの容赦《ようしゃ》のない鍛練が開幕する。

ベルは、そこから先の記憶をよく覚えていない。

「立ちなさい。次」

「何を寝転んでいるのですか。次」

「敵が悠長に待ってくれるわけがない。死にたいのですか。次」

「次」「次」「次」「次」「次」「次」「次」「次」「次」「次」「次」

気付けばボッコボコにされており、バタリと倒れ伏して、冷たい地面と接吻《せっぷん》をしていた。

（リューさんも、普通に酷烈《スパルタ》……）

Lv.3になった筈《はず》の少年は、Lv.4のエルフにあっさりと意識を刈り取られるのだった。

「……………やり過ぎました」

「やり過ぎました、って、リューそんなレベルじゃニャいニャー!?」

ボロ屑《クズ》と化した少年を見下ろし黙りこくるリューが、店員の悲鳴を聞きつけたシルによって折檻《せっかん》されるまで、あと二十秒。

その時、リュー・リオンは体を震わせた

「はぁ……」

迷宮都市に存在する、とある一軒家。

ヒューマンの美少女が、窓辺の日差しを浴びながら甘い溜息《ためいき》をついていた。

自分達の可愛《かわい》い一人娘、アンナのその姿に、傍《はた》から見守るクレーズ夫妻は視線を交わす。

「なんだ、なんなんだ、あの悩ましげな溜息は……どこか熱っぽくもあるような……」

「あれを見てもわからないのかい？　これだから男は」

そわそわと心配を募らせる夫のヒューイに、妻のカレンはしたり顔で笑った。

「あれは恋をしている女の顔だよ。アンナ、ようやくいい人を見つけたんだろ」

「な、なにィ――――!?」

衝撃を被るヒューイは座っていた椅子《いす》から立ち上がった。読む振りをしていた情報紙を放り投げ、可愛い一人娘のもとまでダッシュする。彼の脳裏に過《よぎ》るのは可愛い一人娘を育ててきた幸せな記憶、そしてどこの馬鹿野郎とも知れない糞野郎《くそやろう》が花嫁姿のアンナの肩《かた》を抱いて笑っている忌々《いまいま》しい未来の光景であった。

カレンも微笑《ほほえ》ましそうに後を付いてくる中、ヒューイは冷静を失った声で問いただす。

「ア、アンナ!?　お、お前っ、好きな人が……!?」

「お父さん…………うん」

こくりと恥じらいながら頷《うなず》く娘の姿に、「イヤァー⁉」と父親が女のような絶叫を上げる。

「私……好きになってはいけない人に、恋をしているみたい……」

「だっ、誰だっ、誰なんだそいつはァ⁉」

にやにや笑うカレン、血の涙を流すヒューイの様子に気付かないまま、ひゃぁ、と赤くなった顔を両手で隠しながら、アンナは言った。

「私を助けてくれた、凛々《りり》しくて、優しい人……でも、同じ女の人なの……！」

（あっ）

（あっ）

察したヒューイとカレンは一瞬の硬直後、すぐに真顔となった。

頭のおかしな神々が言うところの『百合キタァー！』であることを理解したのだ。

「…………まぁ、どこの馬の骨とも知れない野郎より、同じ女でもあの御方《エルフ》の方が……」

「ちょっとアンタ⁉」

重い沈黙の後にぽつりと呟《つぶや》くヒューイに、カレンが鬼の形相を浮かべてドつく。

ギャー⁉　と両親の間から悲鳴が散る中、アンナは恋する少女の瞳《ひとみ》で、ぼーっと窓の外を眺めるのだった。

ファミリアクロニクル episode フレイヤ

イラスト：ニリツ

とある大賭博場《グランカジノ》の侵入前々夜

「ありがとうございます、アレンさん！」

殴りたい、この笑顔。

これまで何度そう思ってきたことか。満面の笑みを浮かべる薄鈍《うすにび》色の髪の少女を前に、手の痙攣《けいれん》を押さえるアレンは、ぴくぴくと微動する眉を止めることはできなかった。

「わざわざ大賭博場《カジノ》の招聘状《しょうへいじょう》を持ってきてもらえるなんて！」

「……そちらが遠回しに準備しろと脅したのでしょう」

「脅すなんて酷いこと言わないでくださいよぉ～。おねだりくらいじゃないですか！」

「自分からしてみれば同じことです」

ころころ表情を変える少女、シルの前で、アレンはらしくもない溜息《ためいき》を吐きそうになった。

時刻は夕方。場所は酒場の裏口近くの暗い路地。

アレンはこの少女の『お願い』を聞いて、わざわざ大賭博場《カジノ》の招聘状を用意していた。言わずもがな、彼女が『面倒事』に首を突っ込んで大賭博場《カジノ》に侵入しようとしているためだ。

いい、いい、いい、いい、
彼女の護衛を兼任しているアレンからしてみれば、面倒を増やすなと口にしたいところだが
――できない『理由』がある。

(目標は最大賭博場《グラン・カジノ》だったか？　あそこの経営者《オーナー》は反吐《へど》が出るような噂《うわさ》を溜め込んでやがっ

たな。羽虫《ヘディン》に借りを作って俺も潜入するか……あぁくそっ、本当に面倒くせぇ……！）

アレンは少女《シル》に『過保護』だった。胸中で不満をブチまけつつも、自らも秘密裏に大賭博場《カジノ》へ潜入するつもりだった。——実際、彼は当日少女や妖精《エルフ》に気付かれぬまま本当に最大賭博場《グラン・カジノ》へ潜り込むこととなる。そして結論から言えば妖精《エルフ》の活躍やとある白兎の行動《ファインプレー》によって経営者《オーナー》一味を殲滅せずに済み、彼の陰からの護衛は徒労に終わることとなる。

そんなアレンの苛立《いらだ》ちを知ってか知らずか、シルはそれまでとは異なる笑みを浮かべた。

「お店、来ませんか？　今ならアーニャと二人で会えますよ？」

「——」

アレンは瞳を極限まで細めて、静かに『殺気』を放った。

それを浴びる少女は、しかし顔色一つ変えない。

彼女の笑みは揺らぐことなく、『兄』と『妹』を引き合わせようとしていた。

アレンは舌打ちではなく、今度こそ溜息を吐いた。

「話は終わりです。——自分はこれで」

「はい。ありがとうございます」

素直な感謝の言葉の中に、自分《アレン》しか気付けない程度の心配の念がしっかり混ざっていたことに、背を向ける彼は思い切り口もとを曲げるのだった。

四兄弟劇場

「僕たち四兄弟、キャラの差別化が急務だと思う」

「「「いきなりどうしたアルフリッグ」」」

「小人族《パルゥム》最強を自負する我々だが、やはり四人組という風評が付いて回る」

「確かに徒党を組んで一人をブチのめす卑怯者という負け犬の遠吠《とおぼ》えを聞いたことがある」

「そいつ後で処刑な」

「俺達は四人で一人だとあれほど言っただろうに無知蒙昧《むちもうまい》な俗物ども」

「だが実際、外見も声も同じで誰が誰だかわからんと言われている。むしろ名前要らないじゃん、あいつら全員姓名《ガリバー》でいいじゃん、と」

「「「なん、だと……」」」

「よってキャラの差別化と言った。僕も愚弟達と一括りじゃなくて長男《アルフリッグ》と認識されたい」

「アルフリッグ後で処刑な」

「しかし一理ある」

「よし、キャラの差別化だぁ！　ガンガン声出していこうぜぇぇ!!」

「趣旨を理解した途端、恥を捨てて熱血クソ野郎になるお前のこと嫌いじゃないよ末弟《グレール》」

「しかし差別化か……安易だが、語尾を変えるのが一番簡単か？」

「確かに手っ取り早い。四人バラバラの語尾かつ、一貫性はあった方がいいだろう」

「語尾の主題か……」

「我等が敬愛するフレイヤ様の最近の流行《マイブーム》は……『兎《うさぎ》』か？」

「「「それだ！」」」

「今日もダンジョン探索がんばりますピョン！」

「あ、貴様汚いぞベーリング！　絶対に許さないんだからウサー‼」

「お前もちゃっかり抜け目ないだろうがドヴァリン！　全くけしからんミミィ！」

「グレールそれ苦しくない⁉　え、えっと僕は……お、お兄ちゃん今日も大変ウサウサー」

「「「アルフリッグアウトー」」」

「なんでだぁぁぁぁぁぁぁぁぁぁぁぁぁ！」

「それドヴァリンのパクリだろ」『パクリとか最低だな』『恥を知れ恥を」

「お前ら僕の扱い雑で厳しいんだよ！　いい加減にしろよ！　――って、あれは女神様《フレイヤ》⁉」

「よし、フレイヤ様に新生ガリバー兄弟のキャラを見てもらうべきだ！」

「女神様《フレイヤ》本日も麗しいピョン！」『お美しいウサ！』『神々しいミミィ！』『ウ、ウサウサ！」

「誰が何を言ってるかわからないし、誰が誰だかわからないわ。あとちょっとうざい」

「「「そんな……」」」

シンド戦記　～とある黒妖精の被害に遭ったワルサ兵の記録～

『シンドの砂原』に布陣したワルサ軍の中で、右翼に位置する第三師団。

一万もの大軍は今、絶賛『悪夢』を見ている最中だった。

「ぐぁああああああああああああああああああああああああ⁉」

たった一人の黒妖精《ダーク・エルフ》に蹂躙《じゅうりん》される。

男の名はヘグニ・ラグナール。【フレイヤ・ファミリア】に所属する第一級冒険者。

普段は緊張しいで口下手、情緒不安定の三拍子を揃える残念系エルフはしかし、今や『人格改変』の魔法【ダインスレイヴ】を行使して全てを殺戮《さつりく》する『戦王』と化していた。

一歩の踏み込みで膨大な砂塵を巻き上げ、一振りの斬撃でワルサの小隊をまとめて斬殺する。

その光景はあまりにも規格外で、戦闘開始早々ワルサ兵の戦意を容易《たやす》くへし折っていた。

「どことも知れぬ場所から現れた余所者め！　砂漠の戦い方を見せてくれる！」などと部隊の後方で意気込んでいた兵士と傭兵達は今や「ぷぎゃあああああああ⁉」と悲鳴を上げて絶賛逃走中であった。誰もが綺麗《きれい》な刺し身にはされたくないと、眼光を瞬かせる『砂漠の悪魔』から逃げ惑う。

（闇はなくとも己が闇の化身となればいい。何よりも重く、何物よりも戦場を支配して。誰一人として逃がすものか。次は東だ――）

そんな中、ヘグニはヘグニで思考を回転させていた。

人格改造を施し思考のパターンも変わっているとはいえ、基準はヘグニ本人である。便宜上『魔法』発動中は闇の人格《ダインスレイヴ》と言うが、彼の戦術的及び戦略的思考は元の人格《ヘグニ》の知識や洞察に偏ることになる。

（全ての敵の首級を挙げる。それを女神に捧《ささ》げる我が忠誠としよう。そして愛する女神に膝枕をしたい。膝枕膝枕膝枕膝枕――）

だからと言うべきか、たまに魔法発動直前の元の人格《ヘグニ》と闇の人格《ダインスレイヴ》が混線し、混沌化《スパーク》することがある。

「――膝を出せ、膝を捧げろ。女神に膝枕をするのはお前等ではなくこの俺だ」

「えええええええ何言ってんの怖えええええええええ⁉」

「わ、私っ、膝に矢を受けてしまって……！」

「そうか、では死ね」

「ぎゃあああああああああああああ⁉」

第三師団のワルサ兵の多くは、首ではなく膝を狙われた。

――『砂漠の悪魔に膝をご所望された』という生き残った兵士の謎の記述は、後の歴史学者の首を傾《かし》げさせることとなる。

砂漠旅行のその後　～妖精報告会～

ギルド長ロイマン・マルディールは今、胃を痛めていた。

無性に、胃薬を飲みたい気分だった。

「フレイヤ様は無事オラリオに戻られた。我々も一人も漏れずに帰還。文句あるまい？」

今、彼の城である『ギルド本部』最上階の執政室にいるのは、一人の同族。

【フレイヤ・ファミリア】第一級冒険者のヘディン・セルランドである。

「規則を無視して、主神ともども勝手に飛び出しおって……神ウノラスから重い罰則《ペナルティ》を課されるぞっ」

「その時はフレイヤ様が貴様を強請《ゆす》るのに使った汚職《ひみつ》もバレる時だ。精々隠蔽しろ、豚」

「ぐぅ……！」

フレイヤはカイオス砂漠へ向かう際、ロイマンと取り引きした。そして彼女の後を追おうとする第一級冒険者達の中で、ヘディンはロイマンのもとに突撃して「何故フレイヤ様を外界に出した？　魅了にもかかっていないというのなら真実貴様が秘している汚職《ネタ》を交渉材料にしたのだろう。言え」と理路整然と追及し「でなければ殺す」と女神の身を案じるあまり冷静に常軌を逸しながら脅迫してきたのである。

第一級冒険者達が速やかに都市を出てフレイヤの後を追えたのは、ロイマンの失態にして、このヘディンの手腕によるものだった。

ロイマンは、同族の中でも目の前にいるエルフを最も恐れている。

泰然としていると思えば、ひょんなことでブチ切れる。眼鏡を鷲掴《わしづか》みにして引き剝《は》がす時が最もヤバい。しかもそれでいて、この男は心のどこかで冷静に自分の怒りも利用して有利な条件をもぎ取っていくのだ。彼に比べれば、あの王族《ハイエルフ》の家出娘の方がまだマシというものだ。

ロイマン個人の主観で言わせてもらえれば【フレイヤ・ファミリア】の中で最も手に負えない獣はこのヘディンだと思っている。何度腰を抜かして気絶する羽目になったことか……！

「そういえば、旅先で貴様に少々似ていて、貴様より下劣な黒豚《ヒューマン》を矯正してやったぞ。貴様もするか豚？」

「必要ないわ！　何だ、その土産話は⁉　一体その黒豚《ヒューマン》に何をしたのだ！」

「武人《オッタル》達と『洗礼』を浴びせて一回り小さい武人《オッタル》にした」

「訳がわからないのに意味がわかってしまう自分が怖いわぁ‼　ただの鍛練で人の骨格を変えるんじゃない！　他に余計なことはしていないだろうな⁉」

「八万の軍勢を第一級冒険者八人で『殲滅《せんめつ》』した。我々《われわれ》人にも見られた」

ロイマンは泡を吹き、白目を剝《む》いてブッ倒れた。

彼の胃薬の使用量は更に増えた。

団長は辛いよ

「市場の奴隷を全員解放……」

オッタルの横で、小人族《パルゥム》のアルフリッグがぼそりと呟《つぶや》いた。

彼等の視線の先、凄《すさ》まじい大歓声が奴隷市場から上がっている。

場所はカイオス砂漠に存在する『リオードの町』。主神フレイヤの一人旅を追ってこの町までやって来た第一級冒険者達は、高い建物の屋上からその光景を眺めていた。

女王のごとく君臨するフレイヤが全ての『商品』の一発購入を終え、奴隷達が泣いて喜びながら歓喜の声を上げている様を。

「昼の動きを読んだが、オアシスの屋敷も購入するらしい」

爆発する市場の歓声とは裏腹に、オッタル達が口を噤《つぐ》んでいると、眼鏡を押し上げるヘディンが淡々と告げる。

眷族達の共有する沈黙が一層重くなる。

「……ヘディン、【ファミリア】の資金繰りは？」

「奴隷と屋敷を購入しても赤字にはならないだろうが、財政は逼迫《ひっぱく》するだろうよ、団長殿」

「フ、フフフ……フレイヤ様への献上金から出させるわけにはいかぬ……」

「当然だ。あと喋《しゃべ》るなヘグニ」

「オラリオに戻ったら、僕達もダンジョンにもぐる回数増やして稼ぐしかないけど……最近、武装周りを新調して……」「俺も」「俺も」「俺も……」

第一級冒険者達が口々に発言する中、オッタルがガリバー兄弟以外の者に視線を飛ばすと、

「俺は帰ったら強制任務《ミッション》がある」

「ク、ククク……我が剣に定められしは艱難辛苦《かんなんしんく》の冒険……」

「私とヘグニも別々に『深層』の冒険者依頼《クエスト》を受けている。趣味で受けたものだから報酬は期待するな」

あっさりと突き放すアレン達の発言に、オッタルは口を噤んだ。

「下位団員《したのれんちゅう》でも働かせろ。あの方に借金させるなと言えば死に物狂いで稼いでくんだろう」

「それでダンジョンにこもるだろうな」「それで恐らく騒動《トラブル》を起こすだろうな」「それで前は【ロキ・ファミリア】と衝突してたしな」「それでヘルン＆ヘイズの心労激増間違いなしだな」

「ク、ククク……巫女の呪詛《じゅそ》と雷が落ちる……団長《オッタル》に」

「ヘグニと同意見だ。まぁ下の者の苦情くらい受け止めろ、団長殿」

素知らぬ顔で好き放題言うアレン、ガリバー四兄弟、ヘグニとヘディン。

「「「「「「面倒は任せたぞ、猪《いのしし》」」」」」」

オッタルはそろそろ怒っていい。

その他

5 YEARS AFTER ～Ais Wallenstein～

「5周年記念 書き下ろし付き スペシャルストーリー集［外伝編］」収録

これまでの軌跡、果てしなき旅路

『はいむらきよたかイラストレーションズ　The Art of Sword Oratoria』収録

砂の海のミラージュ

「ダンまちコレクションExtra2021」
（スクウェア・エニックス「ダンまち」コミカライズ5冊同時発売キャンペーンプレゼント）収録

5 YEARS AFTER　～ Ais Wallenstein ～

これは夢だ。

少女《アイズ》にはすぐわかった。

少し大きくなったアイズは、リヴェリアと一緒に旅をしていた。

オラリオではないどこか。丘の上を上り、美しい大平原に感嘆して、視界の奥の風車がある村を目指す。空は晴れ渡り、のどかで、優しかった。

隣でふっと目を細めるリヴェリアにアイズも唇《くちびる》を曲げ、母子のように笑みを交わす。

幸せな夢。


これは夢だ。

少女《アイズ》にはすぐわかった。

ちょっとだけ大人びたアイズが、ティオナが、ティオネが、レフィーヤが、小店《カフェテラス》で楽しそうに談笑している。ティオナは今も昔も変わらないようにケラケラ笑い、ティオネは今年こそ想い人と同棲《どうせい》すると息巻き、一番垢抜《あかぬ》けたレフィーヤは優雅に紅茶を口に運ぶ。

それをアイズは楽しそうに眺めていた。少女《アイズ》よりもずっと柔和《にゅうわ》な表情で。

温かな夢。

これは夢だ。

少女《アイズ》にはすぐわかってしまった。

傷だらけのアイズ達は倒れていた。深い迷宮の奥で、血を流し、身じろぎ一つせず。

フィンが、リヴェリアが、ガレスが、ティオナが、ティオネが、ベートが、レフィーヤが、【ファミリア】のみんなが。

悪意を滲《にじ》ませる闇の迷宮に屈し、力つきて、全滅していた。

閉じられたアイズの瞼《まぶた》は開くことはなかった。

悲しい夢。


これは夢だ。

少女《アイズ》にはすぐわかってしまった。だって、ありえなかったから。

母親のように美しく成長したアイズは、『女王』になっていた。

人里離れた森の秘境の奥、清冽《せいれつ》な泉が広がる精霊郷。宙に浮いたり泉に浸《つ》かったりしている自我の薄い『精霊』達にやんややんやと持て囃《はや》され、ちょこんとお人形のように王座に腰かけている。白い布を巻きつけただけの服で、頭に葉と蔓《つた》の冠《サークル》を装備しながら。

てやー、と杖《つえ》を掲げてなんか光を放ちながら、喜ぶ精霊達と戯《たわむ》れている。

少女《アイズ》は咳《せ》き込みそうになった。

よくわからない夢。


──これは夢？

少女《アイズ》にはわからなかった。

剣が、槍《やり》が、斧《おの》が、杖が、盾《たて》が。

まるで墓標のように荒野に突き立ち、アイズを取り囲んでいた。

アイズは片腕が千切れていた。片目を失っていた。体に穴が開いていた。全身を血に染めていた。罅《ひび》割れて半身を喪《うしな》った武器達の中で、ただ一人、その『闇』と対峙《たいじ》していた。

残った瞳を見開きながら、執念の形相《ぎょうそう》で剣を振り上げる。

悲願を、悲願を、悲願を！

血を吐きながら叫び、凄《すさ》まじい風を起こし、銀の剣を輝かせる。

だが『闇』は、ふっと息を吹きかけるように、暗黒の波でアイズを呑《の》み込んだ。

それで終わりだった。その夢はそこで潰えた。

そして残念なことに、その夢はどの夢よりもアイズを引き付けた。

まるでこれこそが辿《たど》るべき終局《ゲンジツ》のように。

変えられない定めのように。

やがて。

全ての夢が遠ざかっていく中、少女《アイズ》は最後に一つの夢を見た。

それは背中だった。

膝《ひざ》を地に落としたアイズの前に立つ、傷だらけで、雄々《おお》しい一つの背中。

何故《なぜ》かはわからない。だが、少女《アイズ》にはその背中の意味がわかった。それは――


『君の為の英雄』。


――アイズは、静かに、目を覚ました。

白いカーテンの隙間から日の光が差し込んでいる。聞こえてくるのは小鳥の囀《さえず》り。朝だ。

「夢……？」

よく覚えていないが、幸せな光景も、悲しい光景も、不思議な光景も見た気がする。

五年後、あるいは十年後、二十年後。

迎える未来は何を描くのか。

寝台《ベッド》から立ち上がったアイズは、側にある愛剣を抜き、騎士のように構え、目を瞑《つむ》る。

やがて装備を纏《まと》った一人の剣士となり、扉を開いて、今日も未来へと進み始めた。

これまでの軌跡、果てしなき旅路

アイズはその日、都市を歩いていた。

特に理由があったわけではない。ただ何となく、晴れ渡った今日の空はとても綺麗《きれい》に見えたから、ダンジョンへ行く前に気ままに歩いてみようと思ったのだ。

メインストリート、中央広場《セントラルパーク》、街路、路地裏。

普段あまり赴くことのない都市の東区画をふらりと散策する。こんな道があったんだ、と新鮮な思いを抱いていると、ふと見覚えのある景色が広がった。

「ここは……」

もう二ヵ月以上も前。

怪物祭《モンスターフィリア》のあった日、食人花と戦った通りの一角だった。

レフィーヤが『魔法』をもってアイズ達を助けた場所でもある。

モンスターに荒らされ破壊された通りはすっかり元通りとなっていた。砕かれた地面は整然と石畳が並べられ、大穴が空いて半壊していた建物も修繕済み。人々がのどかな喧騒《けんそう》を奏でながら道を行き来している。

そんな光景に感慨と呼べるものを覚えていた時、

「ヴァレンシュタイン氏……？」

「あ、本当だー！　こんにちはー！」

「……ギルドの、エイナさんと、ミィシャさん？」

二人のギルド職員と出会った。

ハーフエルフのエイナ・チュールと、ヒューマンのミィシャ・フロット。エイナは個人的な付き合いで、ミィシャは【ファミリア】として世話になっている受付嬢だ。

黒のスーツとパンツを着こなす美女達は、笑みと一緒に挨拶を交わしてくる。

「今日はお出かけですか？」

「はい……エイナさん、たちは……？」

「私達はこの区域の視察です。特にこの辺りは怪物祭《モンスターフィリア》の事件で被害が出たので」

「あの時はモンスターが逃げ出しちゃって、本当に大変だったんだよね～！　どうなることかと思っちゃった～！」

エイナの後に言葉を続けるミィシャは「そうだっ」と言ってその小柄な体軀《たいく》を弾ませる。

「あの時のヴァレンシュタイン氏、とっても格好《カッコ》良かったですよっ。ぱぱぱ～、ってどんどんモンスターを倒しちゃって！」

「ちょっとミィシャッ、失礼でしょ？　……ですが、あの時は本当に助かりました。あらためて、お礼を言わせてください」

「ありがとうございました～！」

砕けた接し方をするミィシャを注意していたエイナだったが、眼鏡の奥の緑玉色《エメラルド》の目を細めて感謝を口にする。ミィシャにも頭を下げられたアイズはというと、戸惑ってしまった。

都市に身を置く冒険者として当たり前のことをしたまでとアイズ自身は思っているし、何より人に真《ま》っ直《す》ぐ感謝されることに慣れていない。感情の乏しい表情が若干狼狽《ろうばい》の色を滲《にじ》ませていると、

「お姉ちゃん！」

「……？」

横から、獣人の少女が声をかけてきた。

最初は疑問を抱いてしまったアイズだったが、母親連れの彼女の顔を見て、唐突に思い出す。

怪物祭《モンスターフィリア》の騒動の中で逃げ遅れ、アイズが食人花から庇《かば》った少女である。

「あのときは、ありがとうございました！　ずっとお礼を言いたかったの！」

少女はまさかの再会に興奮していた。身振り手振りを繰り返して喜びをあらわにしている。

彼女の隣では母親が本当に感謝するように、お礼の言葉を重ねていた。

「お姉ちゃんたち、みんな綺麗で、かっこよかったよ！　私もお姉ちゃんたちみたいになりたいって、そう思っちゃった！　困ってる人を助ける、英雄様に！」

微笑ましそうにエイナとミィシャが見守っている中、目を見開いていたアイズは、今度はその感謝を素直に受け止めた。

顔を綻ばせ、目を細める。

「お姉ちゃん、みんなを守ってくれて、ありがとう！」

「……どう、いたしまして」

アイズが微笑み返すと、少女は頬《ほお》を染め、破顔するのだった。


温かな地上と一度別れ、迷宮へ。

己を磨くためモンスターとの戦闘を重ねるアイズは、あっさりと『中層』の中間区まで至った。白水晶《クリスタル》の光が満ちる18階層『迷宮の楽園《アンダーリゾート》』だ。

ダンジョンの安全階層《セーフティポイント》には雄大な自然が広がっている。大森林や階層中央にそそり立つ巨大樹を横目に、アイズは小休止も兼ねて『リヴィラの街』へ足を運んだ。

「よぉ【剣姫】！　久しぶりだなぁ、調子はどうだ！」

「ボールスさん……」

岩と水晶が剝《む》き出しの街の通りを歩いていると、宿場街《リヴィラ》の大頭ボールス・エルダーと出くわす。

悪人面の巨漢は、機嫌良さげに腕を広げた。

「どうだ、お前等が怪物《モンスター》どもと一緒に暴れ回ってくれた街もすっかり元通りだぜ！　これからもどしどし利用していけよ！」

以前、この『リヴィラの街』も怪人《クリーチャー》と食人花の事件に巻き込まれ、あわや壊滅の危機に晒《さら》された。だが今は上級冒険者達で賑《にぎ》わう宿場街本来の姿を取り戻している。いや、その活気は以前以上かもしれない。

どうやら【ロキ・ファミリア】の『遠征』成功──男神《ゼウス》・女神《ヘラ》以来の未到達領域到達の偉業が今や同業者の情熱を促しているらしい。この宿場街《リヴィラ》は冒険者達が経営する、世界で最も美しい『ならず者達の街《ローグ・タウン》』であるから。

と、アイズはふと。

あることを思い出し、口を開いた。

「そういえば、あの階層主《ウダイオス》の大剣《けん》は──」

深層域の『迷宮の孤王《モンスターレックス》』単独撃破。凄《すさ》まじい偉烈をなしえて入手した『ウダイオスの黒剣』。

アイズはその超稀少戦利品《レア・ドロップ》を武器狂《ウェポンマニア》のボールスに預けていた。

必ず武器《もの》にしてみせると豪語していた目の前の大頭に、どうなったか言及してみると、

「──なっははははは⁉　いやぁちょっくら研磨に手こずっちまってよォ流石は階層主の戦利品《ドロップアイテム》だッもうちょっと時間がかかるというかっ今は渡せねえっていうかっ俺の責任じゃねえっていうか──とととととと、とにかくまた今度な⁉」

滝のような汗を流したかと思うと盛大な挙動不審に陥り、ボールスはアイズの前から逃げ出した。何か誤魔化すような全力の空笑いを上げながら。

アイズは首を傾《かし》げてしまう。

「……」

そこで、おもむろに。

アイズは周囲を見回した。

「ここで……初めて、あの人と……」

赤髪の怪人《クリーチャー》、レヴィス。アイズの素性を知る彼女とこの『リヴィラの街』で初めて遭遇した。

彼女はアイズを付け狙い、その度に多くの被害と犠牲を出している。

無意識のうちに拳を作っていたアイズは、彼女と最初に剣を交えた街の北部、群晶街路《クラスターストリート》に視線を飛ばした。水晶の峡谷を彷彿《ほうふつ》させる宿場街《リヴィラ》の名所をしばし眺め、ややあってつま先を向ける。

何故そうしようと思ったかはわからない。だがアイズは気が付けば、街の中でも場末の酒場に向かっていた。

洞窟に飾られてある看板の名は、『黄金《こがね》の穴蔵亭《あなぐらてい》』。

「あっ、【剣姫】？　【剣姫】じゃないか！」

「ルルネさん……それに、アスフィさん達も」

「どうも、奇遇ですね」

扉を開けた先にいたのは小麦色の肌の犬人《シアンスロープ》の少女と、銀の眼鏡をかけたヒューマンの美女、そして複数の冒険者達だった。

ルルネ・ルーイにアスフィ・アル・アンドロメダ、【ヘルメス・ファミリア】の面々だ。彼女達は大きめの卓を囲んで酒を飲み交わしている。

ルルネを始め虎人《ワータイガー》のファルガー、小人族《パルゥム》のメリル、ヒューマンのネリーなどは快くアイズを迎え、アスフィさえも微笑を投げた。

「皆さん、どうしてここに……？」

「んー……ちょっと暇ができたからさ、ここまで酒を飲みに行こうってことになったんだ。……いなくなったあいつ等の分まで、飲んでやろうぜ、って」

「……」

忘れもしない、24階層食料庫《パントリー》の事件。

モンスターの大量発生に端を発した『異常事態《イレギュラー》』を調査・鎮圧しようとアイズと【ヘルメス・ファミリア】は冒険者依頼《クエスト》に当たった。レヴィスを始め、第二の怪人《クリーチャー》オリヴァス・アクトとの死闘の中で犠牲者も出てしまった。他ならぬ【ヘルメス・ファミリア】の団員達が。

この酒場はアイズとルルネ達が落ち合った場所だ。つまりあの冒険者依頼《クエスト》に参加した【ヘルメス・ファミリア】が最後に利用した酒場ということになる。ルルネやアスフィ達は逝った仲間を悼《いた》むために立ち寄ったのだろう。

ともに肩を並べた冒険者達の顔を思い出すアイズが、つい悲しげな面持ちを浮かべていると、

「そんな顔するなって、【剣姫】。今日、私達はめそめそするためにここへ来たんじゃないんだ」

「我々は先に進まなくてはなりません。過去を嘆いている暇はない。ですから──笑い飛ばしてやらなくては。この美味《うま》い酒が飲めない彼等は、何て間抜けなんだと」

ルルネがあっけらかんと手を振り、アスフィもくすりと笑みをこぼす。ルルネの発言もそうだが、あの【万能者《ペルセウス》】が冗談を口にするとは思わず、アイズは目を丸くしてしまった。

だが、アイズはそこで気が付いた。確かに彼女達は喪《うしな》った仲間を悼んでいる。それは酒を飲めずに悔しがっている仲間を笑い合う、冒険者流の方法だ。

見ているか？　と天に乾杯する、ならず者達の不器用なやり方。

「【剣姫】、もし貴方も彼等を想ってくれるなら、先へ進んでください。それが、逝《い》った彼等への手向《たむ》けになります」

「私達は、冒険者なんだからな」

アスフィとルルネが目を細める。

「あいつ等が見れなかった光景を、『未知』を」

「アイズさんが見てあげてください」

「それで……空の向こうに、教えてあげてください」

ファルガーが、ネリーが、メリルが笑いかける。

追憶の切なさを隠す彼等の笑顔に、アイズはゆっくりと頷いた。

「はい……」

宿場街《リヴィラ》を出たアイズは、何をするわけでもなく『迷宮の楽園《アンダーリゾート》』の景色を何時間も眺めた後、予定していた迷宮探索を切り上げて地上に引き返すことにした。

思いに耽《ふけ》りながら苦もなく階層を上り続けていき、辿り着くのは『上層』の9階層。

通路の一本道を進んでいたアイズはふと足を止めた。モンスターの啼《な》き声ではない、冒険者と思《おぼ》しき話し声が進路の先から聞こえてきたからだ。

小首を傾げながら前進を再開させると、間を置かず――ぎょっとした。

「だから言っとるだろう、武器に困っておらんか～?」

「……」

「お主ほどの使い手だ、満足がいく得物も早々ないであろう?」

「……」

「だから、ほれ、手前が打ってやろう」

眼帯をする鍛冶師《スミス》の椿《ツバキ》と――あのオッタルが、肩を並べて話をしていたのだ。

そのありえない組み合わせにアイズは動きを停止してしまった。いや椿《ツバキ》は鍛冶大派閥《ヘファイストス・ファミリア》の一員で、依頼があって自分の目に適いさえすれば、どんな冒険者にも武器を作成するのだろうが……。

無言を貫く巌《いわお》のような猪人《ボアズ》に、能天気に口説くハーフドワーフ。これが神々の言う『しゅーる』な光景なのだろう。アイズは理解するとともに、しばし衝撃から立ち直れないでいた。

「む？　おお、【剣姫】！」

と、そこで椿《ツバキ》がこちらの存在に気付いた。正直、あまり気付いてほしくなかったかもしれない。

彼女に倣《なら》い視線を寄こす猪人《ボアズ》の冒険者は、黙ったまま近付いてきた。

アイズははっとして、思わず身構えてしまう。

「【剣姫】……」

二M《メドル》もの位置から錆《さび》色の双眼が威圧的に見下ろしてくる。剣と剣をぶつけ合ったあの時と同じように。まさしくこの階層で、アイズはオッタルとの戦闘に臨んだのだ。

次の言葉を緊張して待ち構えていると、

「階層主《ウダイオス》が剣を出したと聞いた……本当か？」

そんな質問をされた。

瞬《まばた》きを繰り返してしまうアイズ。

間を置いて、ぎこちなく頷いた。

「何らかの行為が引鉄《ひきがね》になったか、わかるか？」

「……多分、一人で戦ってたから……」

「そうか。礼を言う」

うろたえるアイズの横を、オッタルはあっさりと通り過ぎた。

以前は「敵対する派閥《かたき》と相見《あいまみ》えた。殺し合う理由には足りないか?」とまで口にし、凄まじい戦意をもって立ち塞がったというのに。

都市最強の冒険者はサポーターも引き連れず、ダンジョンの奥へと消えていった。

「まったく、誠に根っこからの武人じゃ。あの死ぬほど無愛想な面も含めて、前々から何も変わっておらん。手前にはなーんにも答えんかったくせに」

口を尖《とが》らせる椿《ツバキ》に、アイズは視線を戻す。

そこで笑みを纏い直した彼女は「よぉ【剣姫】、挨拶がまだだったな」と手を上げてくる。

アイズも会釈をした。

「椿《ツバキ》さん、あの人とは……」

「たまたまこの階層で出くわしただけだ。やはりいい武人《おとこ》だと思って口説いておったのだが、ごらんの有様よ。あやつがダンジョンにおるのは久方振りだと思うが……大方、どこぞの小娘や、【ファミリア】の偉業に触発されたのではないか?」

面白そうに指摘してくる椿《ツバキ》に、アイズは一度押し黙った。

「椿《ツバキ》さんは……」

「新たな作品の試し斬りに来た。あとは、武器素材の調達も兼ねてな」

言葉足らずの尋ね方であったが、最上級鍛冶師《マスター・スミス》は慣れたようにアイズの意思を汲《く》み、大型の薙刀《なぎなた》と背負っている背嚢《はいのう》を揺らす。あっけらかんと笑うと彼女もまたアイズの真横を通っていく。

「手前も行くとしよう。また『遠征』にでも連れていってくれ、【剣姫】」

椿《ツバキ》を見送った後、アイズもまた歩みを再開させた。

未到達領域へ辿り着いた『遠征』の通り道をなぞっていく。【猛者《おうじゃ》】との出会いが当時の記憶を喚起させ、果たして導いたのか、アイズは見覚えのある広間《ルーム》に辿り着いた。

一匹の猛牛が打ち倒された戦場だ。

一人の『冒険者』が、生まれた場所だ。

「あ────」

そこに、一人の少年が立っていた。

「……ベル」

「……アイズさん？」

こちらの呟きに気付き、白髪の少年ベルは驚きながら振り返った。

一人でダンジョンに来たのか、パーティの姿はない。広間《ルーム》の中央に立つ少年は歩み寄るアイズに向き直った。

「一人……？」

「あ、はい。今日は休みだったんですけど、久しぶりに単独《ソロ》でダンジョンに行ってみようかなって……」

少年はもう第二級冒険者。単独《ソロ》での探索もやろうと思えば『中層』の最下層まで行けるだろう。この場で『ミノタウロス』と激闘を繰り広げたあの時より更に成長している少年にアイズがつい目を細めていると、ベルは辺りを見回した。

「何故か、ここに来ちゃったんです。来なきゃ、いけないような気がして……」

まるで猛牛との決戦を振り返るように、あたかも原点に戻るように、少年は何かを感じ入っていた。

アイズも思い出す。自分の差し伸べた手を拒み、立ち上がった少年の横顔を。

父と──英雄と重なった背中を。

当時の興奮と寂寥《せきりょう》が、鮮明に蘇る。

「……ありがとう」

「えっ？」

「君に……私達は助けられたから」

「ええっ？」

一度不思議そうな顔を浮かべていた少年は、続く言葉に間抜けな表情を浮かべた。

これはベルが知らないことだ。知らなくてもいいことだ。

彼の勇姿を思い出し、強大な敵の前に屈しかけていた【ロキ・ファミリア】が立ち上がったことは。

少年の背中によって魂に火がつけられ、『穢《けが》れた精霊』を打ち倒したことは。

ただアイズは今ここで、感謝を伝えておきたかった。

今も成長を続ける少年を称え、尊ぶように。

「え～っと……ア、アイズさんは、ダンジョンの帰りですか？」

「うん、そうだよ」

やがて面食らっていた横顔が普段の表情に戻る。

いつも何かに照れたり恥ずかしがったりして、ひた向きに走り続ける少年の顔に。

「じゃあ、僕も頑張ってきますね──行ってきます」

まだ生まれたばかりの若い冒険者は笑う。

「うん……いってらっしゃい。頑張って」

アイズもまた微笑み返し、応援するのであった。

地上はそろそろ夕刻が近付いてきている時間帯だった。

まだ青空が広がる中、摩天楼施設《バベル》を通って中央広場《セントラルパーク》に出ると、南西の方角より騒ぎが聞こえてきた。

「……？」

気になったアイズは都市の南西区画に足を運んだ。

この区画は商人を始めとした商会関係の者達が多い。農作物から嗜好品まで揃った交易所に足を踏み入れれば独特の喧騒がアイズを包み込む。

都市の外から来た行商や荷物を運ぶ馬車が通りという通りを往来する中、冒険者達が叫び合いながら辺りを走り回っていた。象神のエンブレム、都市の憲兵である【ガネーシャ・ファミリア】だ。

何か事件でもあったのかとアイズが思った時、不意に売り子に声をかけられた。

「そこのお美しい冒険者様ぁ！　獲れたての巨黒魚《ドドバス》は要りませんか！　何を隠そうこの魚、この私《わたくし》めが一本釣りした魚でして!!」

「……？」

「この鱗《うろこ》の艶、下品過ぎない大きさ、全てが私《わたくし》めに神が賜った至高の魚だと──げっっ」

魚を売り込んでくる漁師と思しきその男性《ヒューマン》は、アイズが何か既視感を覚えて凝視していると、それまでの活き活きとした声音を翻して不細工な呻《うめ》き声を出した。

その拍子にかけている眼鏡がずれ落ちる。

面長の相貌が瞬く間に青ざめ、滝のような汗を流し始めた。

「おいルバート、勝手にものを売るんじゃねぇってあれほど……って、おお？　【剣姫】じゃねえか！」

「貴方は……ロッドさん？」

そこにやって来たのはたくましい巨漢、『海の男』という表現がぴったりの風貌をしたヒューマンだった。

アイズはすぐにわかった。『港街メレン』で漁業をやっている【ニョルズ・ファミリア】の団長、ロッドだ。

食人花の出没の一報を聞き、都市を出て大汽水湖《ロログ》を調査する時、世話になった男である。

「こんなところで会うとはなぁ！　冒険者ってのもよくここに足を運ぶのか？」

「いえ、普段は……それで、あの、この人は？」

「んん？　あぁ、こいつはルバートだよ、ルバート。元ギルド支部長だった」

「や、やめろぉロッド⁉　私の素性をバラすなぁ！」

「あ」

思い出した。

ギルド支部長のルバート・ライアン。ニョルズ達と並んで食人花出没の事件に噛《か》んでいた一人だ。『魔石』の横領と密輸によって懐を潤していたことがバレ、ギルドから懲戒免職された元総責任者。

職を失った後は神ニョルズが罪滅ぼしのために身柄を引き取ったとロキから聞いていた

が……合点がいった。

リヴェリア曰《いわ》く「エルフより神経質そうだった」容貌は今や薄らと日焼けをしており、ひょろひょろと長い体にも筋肉がつきつつある。今の格好はギルドの制服とは真逆の脚衣とシャツ一枚、更にはねじり鉢巻きである。

「最初は愚痴しか言ってなかったのによぉ、漁に連れ出してみたらすげぇ獲物を釣り上げちまって、それからはすっかり『海の男』の仲間入りよ。さっきの活き活きとした表情を見ただろう?」

「おー……」

「見るなっ、そんな哀れんだ目で私を見るなァ!?」

ロッドの弁を聞いて素直に感心するアイズだったが、ルバートは頭を抱えて地面を転げ回り始めた。

高給取り、ギルドのエリートだった自分を思い出しているのか「たまにこーいう『発作』を起こしやがるんだ」とロッドが説明する。別にアイズは哀れんだ目などで見てはいないのだが……漁師に覚醒した自分と矜持《きょうじ》が高い自分との間で板挟みに遭っているのだろう。

(まだ、あの事件からあまり経ってないけど……)

先程の言葉とロッドの会話を聞く限り、随分馴染んでいるようである。人は変わるものだとアイズがしみじみと思っていると、

「なんだ、またルバートが情緒不安定になってるのか。って、おお？　見かけない顔がいるじゃないか」

「ニョルズ様……」

商談から帰ってきたのか、ロッド達の主神が現れた。

美丈夫の神ニョルズは、悶絶《もんぜつ》するルバートを他所に笑いかけてくる。

「【ファミリア】の人達と、一緒に……？」

「ああ、港街《メレン》で獲れた魚貝を売りに来てるんだ。こんなところで会えるとはな」

そこまで語ったニョルズは、神妙な顔になる。

「前はすまなかった。色々巻き込んでしまって。碌《ろく》に謝罪もできなかった、謝らせてくれ」

「いえ……」

「あれからロッド達や街長《マードック》とも相談して、何か上手い漁の方法を考えてる。もう毒をもって毒を制す、なんてことはしないようにな」

頭をかいた後、「だから見ていてくれ」と笑みを浮かべる善良な漁神に、アイズは小さく笑い返した。同時にこれから港街《メレン》はあらゆる意味で賑わっていくだろう、とそんな予感を覚えた。

そこでアイズはふと、先程から気になっていたことを尋ねた。

「あの、辺りで冒険者達が走ってて……何か、あったんですか？」

「あー……」

ニョルズはそこで言葉を濁した。

何か後ろめたいことがある、という感じではなくて、アイズにこそ話せない、知らせない方がいいといった風だ。

「……悪いことは言わん。お前さんは早くここを後にした方がいい」

「私が……？」

「いや、お前というより【ロキ・ファミリア】全般なんだが……荒事にならないとは思うが、それでもなぁ……面倒事になりそうだ」

ぼやくニョルズに、アイズは益々《ますます》困惑を覚える。彼は警告らしきものを言い残し、「じゃあ、一応伝えたからな」と告げてロッド達とともに交易所から去っていった。荷車を押して、未だ悶《もだ》えるルバートを引きずりながら。

気にはなったものの、アイズは忠告通り交易所を立ち去ろうとする。

「【ケンキ】！」

その寸前、二つ名と思しき名を呼ばれた。

やけに拙《つたな》い共通語《コイネー》に振り返ると——そこには猛然と接近してくるアマゾネスの女がいた。

「【剣姫《ケンキ》】、止まれ！　じゃないと、殺ス！」

「!?」

アイズ、ビビる。

（あ……この人）

同時に気付く。砂色の長髪と露出の激しい闘衣、蛇を彷彿《ほうふつ》させる切れ長の双眸《そうぼう》。ティオナ、そしてティオネと因縁深い闘国《テルスキュラ》の戦士、アルガナ・カリフだ。

「フィンは！」

「えっ？」

「フィンは、どこだ⁉」

「フィン、って……」

「私を倒した、小人族《パルゥム》だ！　カッコ良くて、可愛くて、とても強いっ、私の最高の雄だ‼　どこにいる、言えっ！」

戸惑うアイズにアルガナの顔が肉薄する。

瞳を血走らせながら――頬を紅潮させながら――舌舐《したな》めずりする蛇の雌《おんな》にアイズは再び怯《おび》えてしまい、仰《の》け反《ぞ》ってしまう。

というか前より雰囲気が全然違う……！

「言えっ、早くしろ！」

「た、多分、あっち……」

詰め寄られたアイズは咄嗟《とっさ》に本拠《ホーム》の方向を指す。「あっちだな！」と言ってアルガナはLv．6の身体能力を活かして都市の北へと猛然と向かっていった。

解放されたアイズが唖然《あぜん》としていたのも束《つか》の間、

「【ケンキ】！」

（また！）

飛んできた声に振り向くと、アルガナと瓜二《うりふた》つの双子の妹、バーチェがこちらへ突っ込んでくるところだった。

「ナル・ラーゼ・アルガナ！　ドノ・ゴーファ⁉」

（あっ……アルガナさんのこと、聞いてる）

アマゾネスの種族言語を速射砲のごとくまくし立てられ欠片《かけら》も理解できなかったが、アルガナの名前だけは聞き取ることに成功する。アイズは再び反射的に、先程と同じように指を本拠《ホーム》の方向へ向けた。正しくはアルガナが消えた方角へ。

汗だくで必死の形相を浮かべるバーチェは「セ・ルー！」と感謝らしき言葉を残し、凄《すさ》まじい脚力で疾走していった。石畳を爆砕して建物の屋根の先へと消える。

間もなく「都市に侵入したアマゾネスどもはどこへ行ったぁ⁉」「例の双子の姉妹だけ見つかりません！」「門から正面突破とかふざけやがって‼」「ここ最近連続だぞ！」「野放しなんて【ガネーシャ・ファミリア】の名折れ！」「俺がガネーシャだ！」などなど、辺りを走り回っていた都市の憲兵達の叫び声が聞こえてきた。

後頭部に汗を湛《たた》えるアイズは、段々と騒ぎの原因を察しつつあった。

「まったく、アルガナ達にも困ったものじゃ……すっかり雌の顔をするようになりおって」

と、そこで幼い少女がアイズの前に現れる。

褐色の肌と黒い髪。薄青の子供服《ワンピース》を着た彼女は恨めしそうにアイズを見上げてきた。

「お主等のせいじゃぞ、【ロキ・ファミリア】」

外見は幼くいじらしいというのに、その口調は大人びたを通り越して老成している。そんなちぐはぐな、見覚えのない少女にアイズが不思議そうな眼差《まなざ》しを向けていると、相手は「むっ」と呟いて懐からあるものを取り出した。

「妾《わらわ》じゃ、妾」

「あ……カーリー、様？」

すちゃ、と身に付けられた牙の仮面を見て、アイズは目を見張った。纏《まと》う『神威《しんい》』をゼロにして下界の住人に溶け込んでいる女神、アルガナ達の主神はうむと満足そうに頷く。

「ちなみに、この髪は鬘《かつら》じゃからな。妾の変装道具の一つじゃ」

「……えっと、どうして、ここに？」

「アルガナ達がオラリオに侵入したからに決まっておる。なにが『私より強い雄に会いに行く！』じゃ……」

仮面を外し、はぁぁ、と重い溜息をつくカーリー。その姿を見てアイズは自分の推測が正しいことを悟った。頰に汗を流しながら。

「ぜ～んぶ、お主等のせいじゃからな。妾の子らをボコボコにしおって。【勇者《ブレイバー》】や男の団員どもにやられた者は全員アルガナのようになってしまった」

つまりはそういうことである。『自分より強い雄に惚《ほ》れる』というアマゾネスの本能に目覚め、アルガナ達は『真の戦士』ではなく『愛に生きる戦士』になってしまったのだ。ティオネと同じように。

港街にまだ滞在している【カーリー・ファミリア】は、なんと都市門の警備を強硬突破してオラリオに侵入しているのである。

「まともなのはティオナのみと『儀式』をやったバーチェくらいじゃ。というかあやつしかおらん」

「……」

「変貌《アルガナ》した姉に以前とは別方向《ベクトル》の恐怖を抱きながら、何とか暴走を食い止めようとする毎日じゃ。ぐすぐすと泣きながら。他の団員も言うこと聞かんし……」

「……」

「妾と並んで、今やあの子が一番の苦労人よ……」

「ご、ごめんなさい……」

「ええいっ、謝るでない！　謝られたら謝られたでなんか癪《しゃく》じゃ！　あんな絶壁の女神にやり返されたという事実が腹立たしいっ」

アイズがつい謝るとカーリーはその場で地団駄を踏んだ。片足で地面を踏みつける幼女神にやっぱり汗を流すことしかできない。あと、今更ながら男性団員達《フィン》に対し罪悪感が芽生えてくる。

だが一方で、不思議な思いだった。

【カーリー・ファミリア】は、闘争の果てに残る『最強の戦士』を生むため、ティオナとティオネを執拗《しつよう》に狙った。一度は殺し合いもかくやという抗争にまで発展した【ファミリア】の主神と立ち話をするなど、ほんの一ヵ月前までは考えられなかったことだ。

「アルガナ達が起こした混乱に乗じて侵入したが……噂《うわさ》通り面白そうな場所じゃのう、オラリオは。人やものが溢《あふ》れ過ぎているのが頂けんが」

そう言って片手に持っている紙袋からジャガ丸くんを取り出すカーリー。購入したばかりなのだろう、熱々の芋をあむと小さな口で頬張る。

ついものほしそうに見ていると、一つくれた。

「アルガナ達があぁなってしまった以上、闘国《テルスキュラ》は終わりじゃ。せっかくだし勧誘《スカウト》でもしようと思って来たが……のぅ【剣姫】、妾のもとに来んか？」

「それは、ちょっと……」

「妾からしっかりジャガ丸くんを頂戴したくせに」

「うっ……」

ぱくりと一口ジャガ丸くんを食べたアイズは咳《せ》き込みそうになった。

非常に決まりが悪そうにおろおろする少女に、女神は「冗談じゃ、冗談」とからから笑った。

「イシュタルもあっさりとフレイヤに敗れおって。港街《メレン》でスタンバーイ、しておった妾達はもう何もやることがないわ」

「！」

「あの女神も口だけじゃったな、まったく」

カーリーのその言葉にアイズは反応した。

そんな彼女の様子に気付きつつも、女神は唇を吊り上げながら手を振る。

「闇派閥《イヴィルス》とかいう連中について、妾が知っていることは何もないぞ。何も話せることはない」

「……」

「さて、バーチェがアルガナを連れ帰ってくるまで、もう少し辺りをほっつき歩くとするか。ではな【剣姫】、暇潰しにはなったぞ」

女神はそう言って、雑踏の中に消えていく。

交易所の一角にたたずむアイズは、おもむろに頭上を見上げる。

空には夕焼けが訪れようとしていた。

茜《あかね》色に染まる通りを歩いていく。

黄昏時《たそがれどき》だ。オラリオは西日の光に包まれていた。

交易所を後にしたアイズは寄り道をして、都市の南東にいた。

アイズが『それ』を持って、『そこ』に向かったのは、ルルネ達【ヘルメス・ファミリア】に会ったからかもしれない。あるいは、今日まで出会った沢山の人々と巡り会ったせいかもしれない。

歓楽街、そして迷宮街『ダイダロス通り』が存在する区画にそれはあった。

『第一墓地』。

またの名を『冒険者墓地』とも呼ばれている。その名の通り命を落とした冒険者のために築かれた埋葬地だ。ダンジョンで命を落とした者、抗争の中で亡くなった者、遺体を回収できなかった者、多くの冒険者の墓がここに集められている。

夕焼けの光に染まる無数の墓は、アイズに郷愁にも似た寂寥感をもたらした。まるで目を閉じれば、ここに眠っている仲間の笑い声が聞こえてくるようで。

自分の手の中を見下ろす。用意した花束は物言わず、ただ風に揺れていた。

「あ……」

いくつもの墓標の前を通り過ぎることしばらく。

道の奥から、先に墓参りを済ませていた先客がやって来る。

滑らかな濡れ羽色の長髪に、鮮やかな赤緋《せきひ》色の瞳。

肌の露出が一切ない、巫女《みこ》を彷彿とさせる純白の装束。

アイズが立ち止まっていると、向こうもこちらの存在に気が付いた。

「お前は……【剣姫】」

「フィルヴィス、さん……」

エルフの少女フィルヴィス・シャリアは、思ってもみなかった偶然に驚くように目を見開いていた。

だがすぐに表情を澄ましたものに戻す。僅《わず》かな距離を置いて、アイズとフィルヴィスは見つめ合った。

「……こうしてお前と二人きりで会うのは、初めてだな」

「はい……」

「花を、手向けに来たのか？」

「はい……貴方も？」

アイズを見やるフィルヴィスに問い返す。

エルフの少女は静かに頷こうとして……ゆっくりと、顔を横に振った。

「いや、違う……私が来た理由は、『謝罪』だ」

「……」

フィルヴィス自身とまともに会話をしたことはないものの、交流はある。レフィーヤからも話は聞いている。

『27階層の悪夢』。闇派閥《イヴィルス》が起こした六年前の大事件で、彼女は【ファミリア】の大勢の仲間を失っている。自分だけがみすみす生き残ってしまったことを、彼女は今でも後悔しているように言うのだそうだ。

『私は汚《よご》れている』、と。

「……【剣姫】、お前は恐怖を抱いたことがあるか？」

「恐怖……？」

「自分という存在が、取り返しのつかない過ちを犯してしまうかもしれないという、恐怖だ」

「……」

「誰も助けられず、汚《よご》れていく……ただ失っていく……」

一度はうつむいたフィルヴィスは、顔を上げて、その赤緋の瞳でアイズの金の瞳を見据えた。

「自分は何も救えず、あまつさえ大切な者を巻き込んでしまう……そんな『恐怖』を抱いてしまった時、お前はどうする？」

過去、何もかもを失ったエルフは問いを発する。

あるいは闇の渦中に身を置き、否応なく戦い続けなければならないアイズの未来を暗示するかのように。

これからの旅路を憂うように。

もしくは、大切な同胞を想うかのように。

「運命に身を委ねるか？　逃げ出すか？　それとも、戦い続けるのか？」

絶対強者である【剣姫】に、問いかける。

それはまるで鏡に向かって自問しているようですらあった。

アイズは、答えられなかった。

「……すまない。おかしなことを聞いた」

「……いえ」

「失礼させてもらう」

そう言って、フィルヴィスはアイズの横をすれ違い、墓地から去っていった。

耳に残る彼女の問いかけが心を叩《たた》く。黄昏の光に染まる彼女の背中を見つめていたアイズは、やがて足を進める。

辿り着くのは【ロキ・ファミリア】が買い取った墓地の一角。フィンやリヴェリア、ガレスの時代から命を落とした派閥の先達の墓標が数多く存在する。

その中で、真新しい七つの墓石にアイズは歩み寄った。

「間《あいだ》が、空いちゃったけど……来たよ、みんな」

それぞれの墓に一輪の花を手向けながら、墓石に刻まれた仲間の名前を視線でなぞる。その中にはアイズも何度も世話になっていた治療師《ヒーラー》『リーネ・アルシェ』の名もあった。

『人造迷宮クノッソス』。迷宮街に存在する闇派閥《イヴィルス》の残党の住処《アジト》、人工の大迷宮の中で【ロキ・

ファミリア】は七人の戦死者を出した。迷宮の罠に嵌められ、分断され、彼女達を救うことができず。

傷は塞《ふさ》がりつつあるものの、寂しさや悲しみが疼痛《とうつう》となってぶり返すことがある。

けれど後悔や懺悔《ざんげ》をするために来たのではない。

ルルネやアスフィ達が言っていたように……前へ進むために、彼女達の命に報いるために、けじめをつけに来たのだ。

「何を言いたいのか、自分でも、わからないんだけど……」

夕暮れの光に横顔を焼かれながら、仲間達の墓と向かい合う。

「守れなくて、ごめんね……」

「いいえ、私達は恨んでなんかいません」

「リーネ達の分まで、進むから」

「はい、ずっと応援しています」

「こんなこと、言われても……リーネ達は、怒るかな？」

「そんなことありません」

「それとも……」

「はい。ただ悔しいんです。皆さんともう冒険できないことが……あの人の隣に、もう立てないことが」

「でも、みんなも……ベートさんも、リーネ達のために戦うって」

「嬉しい。涙が出てきそう」

「だから、みんな……また、ね」

「はい――頑張ってください」

アイズはその時、肩を揺らした。

大切な何かと、言葉を交わしていたような気がした。

少女の微笑む声が、聞こえた気がした。

目を見開きながら、背後を振り返る。

視界に広がるのは夕暮れの光に染まる無数の墓石。そして手向けられた花々だった。

そこに、少女の姿などない。

ある筈《はず》がない。

ただ天に向かって、そよぐ風があるだけだ。

アイズは髪を撫《な》でられながら、しばしたたずむ。

「あれ、もしかして、【剣姫】？」

墓地を眺めていたアイズの真横から、声がかかる。

振り向くと、立っていたのは若いアマゾネスの少女だった。

「レナさん……」

「さん付けなんてしなくていいよー、私達同い年なんだし。【剣姫】もお墓参り？」

けたけたと笑うレナ・タリーは、結わえた髪を揺らしながら片手を振った。もう片方の手には、薄青色の花束が携えられている。

アイズが頷いていると、レナは比較的近くにあったそれぞれの墓標に花を並べ始めた。

元【イシュタル・ファミリア】……闇派閥《イヴィルス》の『アマゾネス』狩りの被害に遭った犠牲者達だ。

「前に来た時は墓石とか片付けなきゃいけなくて、まともなことしてあげられなかったから」

「……」

「本当はさ、花なんかよりお酒の方が喜ぶんだとは思うんだけど……そこは私の好きな花ってことで、許してもらおうかなって」

見守っているアイズに、レナの背中は語りかけてくる。

薄青《ミオソティス》の花を並べる度に、細い指が墓石に何かを囁《ささや》いているような気がした。

やがてレナは立ち上がり、振り返る。

夕焼けの光を背にする少女は、にっこりと笑った。

「ありがとうね、【剣姫】」

「えっ？」

「ベート・ローガ達の話を聞いて、【ロキ・ファミリア】がオラリオのために……私達のために戦ってくれてること、何となくわかったから」

「……」

「私も、アイシャ達もこうして生きてる」

「でもっ……みんなを本当に、守れたわけじゃあ……」

「おっと、野暮な反論はなしだよ、姉貴！　ここはすな～おに、みんなを代表するレナちゃんの言葉を受け取っておけばいいの」

「……」

「だから、さ……ありがとう」

夕暮れの光の中で笑う少女の姿は美しかった。

アイズが何も言えないほど、胸に迫るものがあるほど。

今日までの道のりを肯定されたような気がして、本当に、本当に少しだけだけれど……救われた。

「じゃ、私はこれで。ベート・ローガに子供は何人がいいかこっそり聞いておいて！」

レナは最後に明るく笑いながら、帰っていった。

一人になったアイズは、そっと己の手を見下ろし、辺りを見回す。

自分を取り囲むいくつもの墓標。それらはこれまでアイズが何かをする度に築かれた数々の出来事のようで——記録の石碑のようで。

夕暮れの墓地に、今日までの軌跡を幻視する。

自分の足跡を、自分達が歩んできた道のりを。

そしてアイズの目の前から伸びるこの道は、まだまだどこまでも続いていく。

途方に暮れるような、そんな感情を覚えた後。

アイズは、笑みを浮かべていた。

「アイズさぁ〜ん！」

後ろから来る、仲間の声が聞こえたから。

「フィルヴィスさんに会って、ここにいるって聞いて〜！」

「水臭いわねぇ、声をかけてくれればいいのに」

「ていうか何でベートまで付いてくんのー。じゃまー」

「何でてめぇの許可が必要なんだよ、馬鹿アマゾネス！　てめぇこそどっか行ってろ！」

「なにをー!?」

「やめろ、お前達。ここは死者が眠る場所だぞ」

「やれやれ、こっそり三人で行こうと思っていたんだけど……結局こうなってしまうか」

「がはは。よいではないかフィン、こちらの方が儂等《わしら》らしい」

「そやそやー！　天界からリーネ達も見て、喜んでる筈やでー！」

仲間の声が聞こえる。いつもアイズを助けてくれた、かけがえのない【ファミリア】の声が。

ならばこの果てしない旅路も、最後まで歩いていけると思った。

アイズは、独りではないのだから。

黄昏の光の下、駆け寄って来る仲間に少女が囲まれる。
墓に名を刻まれた冒険者達が、漆黒の記念碑《モニュメント》が語り継ぐ数多《あまた》の英雄が、少女達が紡ぐ神聖譚《オラトリア》を見守っていた。

砂の海のミラージュ

微睡《まどろみ》に抱かれている。

夢と現実の狭間《はざま》で、思うことはいつも決まっている。

私はより良き王になれるのだろうか。あの銀の啓示に背いてはいないだろうか。

私を導いてくれた彼女に、今の私は胸を張ることはできるだろうか。

『アリィ様……アリィ様』

曖昧な意識が揺籠《ゆりかご》の中で揺らめいている。私の名を呼ぶ声もどこか遠い。

嗚呼《ああ》、ここはどこで、今は何時《いつ》だったか――。


「アラム王！」


その呼びかけに、目を覚ました。

ゆっくりと瞼《まぶた》を開けば、そこにいたのは長年苦楽をともにしてきた逞《たくま》しき商人。

「……ボフマン？」

「ええ、そうでございます。お疲れのようですが、大丈夫ですか？」

椅子に腰かけ、ぼんやりと見上げる私を気遣いつつ、彼は尋ねてきた。

「そろそろパーティーが始まります。大国の地位を確立した新生シャルザードと、若き王たる御身の、お披露目式が」

「……ああ、そうだったな。すまない、少し眠りこけていた」

腑抜《ふぬ》けていた意識を蹴りつけ、ゆっくりと立ち上がる。

『熱砂の禍乱《からん》』――シャルザードとワルサの戦争から、もう長い月日が経った。

世間知らずの小娘は否応なく大人となり、未熟な王子も才気煥発《さいきかんぱつ》などと称えられる『王』程度にもなる、それくらいの時間だ。

『カイオス砂漠』西中域において、初と呼べる大国となったシャルザード。

今より開かれるのはそれを記念しての祝賀式――とは名ばかりの勢力均衡《バランス・オブ・パワー》の探り合いだ。

各国から招いた要人が我が国と、王《わたし》という器を見定めようとしている。

「ここまで長かったたな、ボフマン。付き合わせてしまって申し訳なく思う」

「いいえ、我々ファズール商会は商機を見込んで王家に投資したまでのことです」

出会った当時は肥えに肥えていたボフマンも、今ではすっかり容貌魁偉《ようぼうかいい》で商人離れしている。

正直、『神の恩恵《ファルナ》』も授かって二度も昇格《ランクアップ》を果たした彼が何を目指しているのか、私にもよくわかっていない。しかし彼等の助力なくしてシャルザード復興がありえなかったのは確かだ。

もう伸びないと思っていない私の背丈も、少し伸びた。

視界は広がり、視点も変わった。当時の青い言動も今はよく思い出せない。

私もボフマンも、皆《みな》、あの戦いから成長したのだ。

「――遠路はるばる来て頂いたこと、感謝します。短い時間ではありますが歓迎いたします、外の世界の賢人達。これを機に、貴方がたにも砂漠の加護がもたらされんことを」

大広間に足を運び、退屈しない程度の口上で挨拶を述べると、絢爛豪華《けんらんごうか》と言うに相応《ふさわ》しい時間が始まる。酒に花、舞と撥弦楽器《ウード》。シャルザードに根差す文化の歓待。

『あれがアラム王……』

『絶世の美男子と聞いていたが、確かに』

『あれで辣腕家だというのだから恐れ入る』

『神は祝福とともに二物を与えたか』

『嗚呼、一曲踊って頂けないかしら？』

ざわめきの多くは私を品定めするもの。

世界最大の領土を有する帝国の宰相、魔法大国《アルテナ》の第一級魔術師《メイジ》、大砂漠《カイオス》と対を成す海洋国《ディザーラ》の王族に、迷宮都市《オラリオ》……自国主導で開いておいて言うのも何だが、参加者の顔ぶれはそうそうたるものだ。名だたる『世界勢力』を始め、挨拶する順番はよく考えなければならない。私の挙動はシャルザードそのもので、将来を左右すると言っても過言ではないからだ。

「姫様《ひぃ》ぁ！　このような場所でガツガツと料理をかき込むものではありません！」

「だってウスカリ！　ここの料理、すっごく美味《おい》しいわ！　リダリも食べましょう！」

「俺はいい。ケチをつける気はないが、この国の味付けはどうにも舌にあわねえ」

時には慎重に、時には大胆に要人達と間合いを埋め、挨拶も一段落を迎えていると、賑《にぎ》やかな一角があった。

護衛と思われるエルフと、視界を塞いだ剣士、そして目が覚めるような美姫が、シャルザードの料理に舌鼓《したつづみ》を打っている。

「あ、王様！　こんばんは、初めまして！」

「お初にお目にかかります、タルヴィ殿。宴は楽しんでおられますか？」

私が歩み寄ると、多くの種族の血筋を引く姫君は「ええ！」と破顔した。

「こんな素敵な場所へ招待してくれて、ありがとう！　でも、良かったの？　私達の国、とっっっっても田舎なのに」

「姫様《ひぃ》！　初対面、しかも一国の王にはもっと畏《かしこ》まった口調で接してください！　そして我等がベルテーンのことをそのように言うものではありません！」

「だって事実じゃない。私達の故郷はすごい山奥にあって、国というより村だもの！」

苦労人なのだろう、エルフの御仁は「姫様《ひぃ》ぁぁぁ……！」と嘆いては何度も頭を抱えている。

剣士の方は姫君の身の安全以外、何も興味がなさそうだ。苦笑を浮かべてしまう程度には愉快な方々だが……そこには『家族』と言うような絆《きずな》が確かにあり、つい頬《ほお》を緩めてしまった。

「タルヴィ殿、先程の質問ですが、私にもきちんと打算があります。貴方がたの国に存在するという神秘の『泉』について……ぜひ話を聞いておきたかったのです」

「ああ、そういうことだったのね！　私でよければ、いくらでも話してあげる！」

麗《うるわ》しい容貌と反して、タルヴィ殿はとても無垢《むく》な姫君だった。

表情はころころと変わり愛らしい。王家の使命に苦しんでいたどこかの小娘とは大違いで、明るく柔らかい笑みは人の心を安らがせ、周囲を幸せにする魅力で溢れていた。

「ちらっと見ていたけど、さっきまでの王様の立ち回り、すごかったわ！　ぐいぐい押してくるオラリオを往《い》なして、あんな取引を持ちかけちゃうなんて！」

「はは、これはお恥ずかしい。未熟者と舐《な》められないよう、背伸びするのが精一杯なのです」

どうやら、すっかり癖になっている『二者択一』の交渉を見られていたらしい。

砂海の船《デザート・シップ》を始め、カイオス砂漠圏が魔法大国《アルテナ》側の貿易に傾きつつある昨今、魔石貿易の優遇などをさらりと要求してくるギルド長《ちょう》相手に、私は『留学制度』を提案したのだ。

要は、貿易の便宜はできる限り図る、その代わり迷宮都市でシャルザードの戦士団を育ててほしい――いやダンジョンを貸してほしい、という交換条件だ。

過酷な環境の砂漠世界は、オラリオほどではないにしても、『勇士《カビール》』と呼ばれる第二級冒険者級の戦士を輩出することで有名だ。彼《か》の戦闘娼婦《バーベラ》アイシャ・ベルカの出身もこのカイオス砂漠であり、人材の宝庫と言っていい。

そんな者達を鍛え、将来的にはオ﹅ラ﹅リ﹅オ﹅所属の戦力《ファミリア》にしてもいい、その代わり我々《シャルザード》の長期的な冒険者依頼受注《クエスト》は義務にしてくれ、かい摘まむとそんなことを注文したのだ。冒険者がどれほど化物じみているか私は身に染みて知っている。故にその戦力を国の防衛に回したいと思うのは必然だろう。迷宮都市が断る場合は仕方ない、その時は魔法大国《アルテナ》に留学させて喉から手が出るほどの魔法技術を学ばせてもらおう、と言葉を添えると、『ギルドの豚』ことロイマン殿は何度も唸《うな》った後、私の手を取ってくれた。『都合のいい二択』とはよく言ったものだ。

狡《ずる》い駆け引きを教えた妖精の顔を思い浮かべつつ、角が立たないよう私が言葉を選んでいると、

「でも、王様は……『女王』を名乗らないの？」

不意に尋ねられた言葉に、私は動きを止めてしまった。

幸い、周囲で聞き耳を立てている者はいなかった。彼女の従者も「姫様《ひぃ》？　何を言っておられるのです？」と首を傾げるのみ。私の側に控える爺《ジャファール》やは息を呑んでおり、あのボフマンでさえ瞑目しているのがわかった。

……どうやら私は見誤っていたらしい。

彼女はただの無垢な姫君ではなく、本質を捉える眼《まなこ》を持っている。

生じてしまった不自然な静寂に、さてどうしたものかと思案していると――広間に流れていた演奏が趣きを変えた。かねてから予定していた、大陸の様式にちなむ舞踏の時間だ。

私はこれ幸いと笑みを浮かべ、タルヴィ殿に手を差し出した。

「貴方に興味が湧きました。どうか私と踊って頂けませんか、タルヴィ殿？」

「そう、シャルザードは女王を認めていないのね……ごめんなさい、世間知らずで」

優美な音色《ねいろ》とともに、手を取る彼女とステップを踏む。

隠し事はできまいと、見つめ合う距離で私が身の上や国について語ると、タルヴィ殿は心から申し訳なさそうに謝罪を口にした。

一国の王が真っ先に他国の姫と舞踏に興じる光景に、周囲から好奇の視線が集まっているが、これればかりは仕方ない。表面上は笑みを浮かべ優雅に踊りながら、声をひそめ、舞と音楽の中に消える二人だけの密談を行う。

「私、もしかしたら貴方も皆《みんな》のために自分を殺してるんじゃないかって思っちゃって……だから聞いちゃったの」

彼女に悪気がないことはわかった。

その上で、貴方も、という言い方が気になった。

「それは、どういう意味ですか？」

「私は、国のために自分が『犠牲』になろうとしていたから。本当の本当は怖いくせに、みんなを心配させないために、平気だよって笑ってた」

詳しいことはわからない。だが、その告白に、私は驚きをあらわにした。

「私と貴方……最初に見た時から、どこか似ているような気がしたから」

彼女の言う通り、私も同じことを思ってしまったから。

「……確かに、私もかつては自分のことを『中継ぎ』と卑下し、国のための『礎《いしずえ》』となろうとしていました」

父が望むままに性別を偽り、国のために己を捧げようとしていた。そこに女《アリィ》の私の望みはなかったかもしれない。私は常に男《アラム》の私であることを強いられていた。

けれど――。

「それでも、今は違う」

私は心からの笑みを浮かべ、悲壮感なんてものを蹴りつけた。

「私はこの美しい祖国を、そこに住まう民を愛している」

「！」

「苦難の時はあった。己を犠牲にしようと思ったこともあった。それでも今に至るまで、国を恨んだことはない。それはきっと、貴方も同じの筈《はず》だ」

宝石より美しいオッドアイが、大きく見開いた。

「『犠牲なんてつまらないことはよせ』……通りすがりの女神に私はそう笑われてしまった。だから私は、私のまま、強き意志をもってこの国を導くことにしました」

「導く……？」

「ええ。己を賭して、気高く、多くの者に道を示す——英雄のように」

今の私に深く根差している言葉をなぞると、タルヴィ殿は、息を呑んでいた。

そしてすぐ、頬を染めて破顔する。

「そう……そうなのね。貴方、ベルと春姫《ハルヒメ》みたいっ」

少女のようにタルヴィ殿が微笑んだ瞬間、ちょうど舞踏の一曲目が終わる。

この短い時間で深い共感を得た私達は立ち止まり、どちらともなく笑っていた。

「アラム……好きよ。私、貴方のことが好き」

少しだけ背が高い私を見上げながら、彼女はそんなことを言った。

驚くも、すぐ理解する。彼女はきっと一期一会という言葉を誰よりも心にとめているのだ。

周囲ではざわっと喧騒《けんそう》が膨らみ、すわ愛の告白、あるいは一夜の物語《ロマンス》かと要人達の注目が集まるが、生憎《あいにく》その期待には応えられそうにない。

だから私は親愛を込めて、彼女の名を呼んだ。

「私も貴方を好ましく思います、タルヴィ。……貴方に出会えて、良かった」

私達の邂逅《かいこう》はそれで終わりだった。

小さな奇跡、夢想のような巡り合わせに感謝する私に、彼女は笑みとともに手を振って、人垣の中に消えていった。

「失礼。お時間を頂いてもいいですか、アラム王？」

余韻を嚙《か》みしめながら私が立ちつくしていると、背後から声がかかる。

振り返ると、私は再び驚きに襲われた。

「僕はフィン・ディムナ。オラリオの冒険者……と流石にここまで言う必要はありませんか」

そこに立っていたのは、小人族《パルゥム》の勇者だった。

まさに説明要らずの、あの最大派閥【ロキ・ファミリア】の団長。

オラリオの要人、ギルド長の護衛として出席されていたのか。

「……オラリオの第一級冒険者にお会いできて光栄です。フィン殿。そして――」

隣に目を向ける私に、『彼女』はスカートの裾をつまみ、カーテシーを行った。

「……アイズ・ヴァレンシュタインです。初めまして」

言葉を選ばずして言うなら、私はその金の髪と金の瞳に見惚れてしまった。

あの『美の神』にも勝るとは言わないが、彼女こそ、この場で誰よりも美しい。

フィン殿と同じく第一級冒険者の『神の恩恵《ステイタス》』による副次作用か、その見目は妙齢の女性にも、まだ十六程度の少女のようにも見える。本の世界から抜け出した精霊のような横顔に、周囲の客人は男女問わず目を奪われている。

静かで柔らかな笑みに、私は時間をかけて笑みを返した。

「僕達はロイマンの護衛《つきそい》、政治には関わりたくないと距離を置いていたのですが……貴方の立ち振る舞いを見て、関心がそそられてしまった」

そこで、フィン殿は賢人のように私を見つめていたかと思うと、悪戯《いたずら》好きの子供のようにその碧眼《へきがん》を細めた。

「僕と『戦盤《ハルヴァン》』を指しませんか？」

今度こそ、私は目を見張ってしまった。

「今、ここで……私と？」

「ええ。貴方の器を、どうしても見極めたくなった」

砂漠世界における私の『戦盤《ハルヴァン》』の腕を聞き及んでいるのだろう。どこから拝借してきたのか王帝《マレク》の駒を取り出すフィン殿に、隣にいるアイズ殿はすっかり困っている。

「フィン……いいの？」

「あまり良くはないかな。だからアイズ、すまないけどロイマンのお守は任せたよ」

そう言って、フィンは私に向けて不敵な笑みを送った。

「僕は砂漠の若き王を『冷やかして』みたい」

……言ってくれる。これがオラリオの【勇者《ブレイバー》】か。

だが、いいだろう。

私もかつては、迷宮都市《オラリオ》に散々辛酸を舐めさせられた。主に美神や美神の眷族達に。

少しは積年の恨みというものを晴らしてもいいだろう。

「いいでしょう。彼《か》の【勇者《ブレイバー》】のご教授、ぜひ承らせて頂きたい」

そういうわけで、急遽《きゅうきょ》広間の隅に『戦盤《ハルヴァン》』の準備が行われた。

このような時にそんなことをやっている場合ではない、と爺《ジャファール》やが騒いでいるようだが、何も聞こえない。ずっと政務続きだったし、これくらいの余興はいいだろう？

退屈している各国の要人達にも刺激は必要だ、なんて子供みたいな言い訳を口にする。

「フィン殿、『戦盤《ハルヴァン》』のルールは？」

「この地に足を踏み入れてから、一通りは学びました。問題はありません」

その程度で枢機《すうき》を摑《つか》んだというのか。まるでどこかの女神のようではないか。

私は久々の好戦欲を隠せず、はしたなくも口端を上げてしまう。

「このような席で時間はかけられないので、早指しで」

「勿論」

私はかつての女神と同じように、大胆に勝負を挑んだ。

そしてその『戦法』も、彼女に倣《なら》った。

「……！　『王殺し』！」

『生贄』の規則《ルール》に則り、自陣の王帝《マレク》の地位を王女《マリカ》で簒奪《さんだつ》する。フィン殿と他国の観戦者達がこぞって驚愕を孕《はら》んだ。

この場で遊戯とはいえ『王殺し』を行う。その意図を諸外国の要人がざわめきながら読み抜こうとする。が、申し訳ないが特に意味はない。あるとすれば、それは彼の迷宮都市にいる

『とある女神』への意趣返しだ。

初手から奇怪な手を放った私を、フィン殿だけは笑みを浮かべ、堂々と迎え撃った。

「……詰み、ですね。私の負けです」

ほぼ思考時間《ノータイム》なしの勝負は、フィン殿が私の王女《マリカ》に剣を突き付けることで、決着がついた。

およそ二百手にも及んだ手数に、私は重い疲労感に包まれ、観戦者達は感嘆の息を漏らしていた。

「『戦盤《ハルヴァン》』で敗北したのは本当に久しぶりです。正直に言いますと、とても悔しい」

「貴方が定石を指していれば勝負はわからなかった。それに……」

私ではやはり女神の真似事はできなかったと内心で嘆息していると、フィン殿は感想戦をするように、五十手ほど前の盤まで駒を直した。

「……ここの一手。ここで貴方が精妖《ラウフ》ではなく戦車《メルカーバ》を指していれば、僕が負けていた」

「！」

『なんと！』

『あの【勇者《ブレイバー》】に、負けの目が……！』

周囲がどよめく。私自身、既視感とともに瞠目してしまった。

どうやら、私はかつての『参謀』を信用し過ぎていたらしい。

脳裏では白妖精《ホワイト・エルフ》がこちらを侮蔑し、猫人《キャットピープル》が唾を吐いていた。

「……私は肝心なところで、いつも勝ち筋を見逃してしまうようだ」

苦笑しながら、駒を片付け始める。熱を孕《はら》んだ幕引きの後、しばし拍手を鳴らしていた観客も次第に薄れていき、テーブルには私とフィン殿だけが残った。

「ですが……少々意外でした」

「何がですか、アラム王？」

「貴方が、とことん正道をもって勝負し続けてきたから」

『戦盤《ハルヴァン》』の中で、私は少し意地悪をした。中盤でフィン殿が自分の駒を『生贄』に用いれば、盤面が有利になるよう揺さぶりをかけたのだ。彼は外道を取るのか、正道を取るか、と。

私が情報として知るフィン・ディムナとは、清濁併せ呑む小人族《パルゥム》。

己が野望のためならば時には非情な判断も下し、冷酷な引き算も辞さない、より為政者《わたしたち》に近い人物だと思っていた。

だが、フィン殿は何の迷いもなく、正道たる一手で勝負を仕掛けてきたのだ。

「貴方は効率のためならば、犠牲は厭《いと》わない方だと思っていました」

「その認識は間違っていませんよ。僕は必要に迫られれば手段を選ばない」

勝手に試されていたというのに、フィン殿は嫌な顔一つせず答えた。

「これはお恥ずかしい話になりますが……僕は『人工の英雄』を自称していました。ですが、それは酷くつまらないと思う『契機』があった」

「契機？」

「ええ。……文字通りの『異端児』と遭遇し、その騒動の中で吹っ切れてしまった」

そして小人族《パルゥム》の勇者は、笑った。

「『偽物』が『本物』になってはならない……そんな決まりはない。だから、より欲張りで、したたかになろうと思ったまでです」

故に今、『王道』を進んでいる最中なのだと。

そうのたまう彼の言葉が、自分でも驚くほど胸に落ちた。

在りし日の私も、王の資格を疑っていた。目の前にいる勇者もそうだったのだろうか？

「僕に言わせれば、アイズも変わりました。僕と同じ『契機』であったかは定かではありませんが」

彼の視線を追えば、タルヴィ殿とにこやかに会話をするアイズ殿がいた。

それは優雅なカーテシーを披露された時から、私も思っていたことだ。

かつて耳にしていた『人形姫』という異名にそぐわないほど、彼女は穏やかだった。

噂《うわさ》によれば、【剣姫】とは修羅の代名詞であった筈だ。

彼女にも挫折があり、葛藤を経て、答えに辿り着いたのだろうか？

「……フィン殿。オラリオからの使者は、護衛も含めて貴方がただけでしょうか？」

しばし煌《きら》びやかな大広間を眺めていた私は、未練を引きずるように、それを尋ねていた。

「もう一つの最大派閥……【フレイヤ・ファミリア】は、いらしていませんか?」

あの気紛《きまぐ》れな女神が、お忍びでここに紛れていないだろうか。

女神の眷族が、少しは立派になった私の様子を見に来てはいないだろうか。

そんな情けない『もし』を、確かめてしまう。

「いえ、【フレイヤ・ファミリア】は今回の護衛に参加していません。僕達とは別に、もう一つの【ファミリア】が連れ出されてはいますが――」

そこまで言ったフィン殿は、「そうだった」と何かを思い出すように、こちらを見た。

「女神フレイヤから、シャルザードへの『伝言』を預かっていました」

「!」

顔を上げる私に、その『伝言《メッセージ》』は伝えられた。

「『私は伴侶《オーズ》を見つけたわ』、と」

「春姫《ハルヒメ》、久しぶり!」

「タルヴィ様! お会いしとうございました!」

麗しい異国の姫君達が手を取り合って再会を喜んでいる。

その光景を他所に、私は、『彼』のもとへ真っ直ぐ足を向けた。

「――お初にお目にかかります。ベル・クラネル殿」

「ア、アラム王！　は、初めまして！」

幼い女神と仲間達に囲まれる白髪の冒険者は、慌ててお辞儀をとった。

フィン殿やアイズ殿と比べて貫禄がまるでない。これがあの本当のベル・クラネルかと疑ってしまうほど。

正直に言えば、私は彼に嫉妬《しっと》していた。

容姿は男の私《アラム》の方が整っていると思うし、落ち着きのない様子は子供のようだ。

こんな人物があの女神の心を奪うなんて、とつい厳しい評価を向けていた私は――その曇り一つない深紅《ルベライト》の瞳を見た瞬間、口を開いていた。

「貴方の数多くの冒険は聞き及んでいます。その上で、聞かせてほしい」

その『英雄の瞳』に、問うていた。

「貴方はどうして、多くの苦難を乗り越えることができたのですか？」

その問いに、彼はためらわず口を開いた。

「沢山の人と、出会ったから」

笑みを浮かべ、誇りのように答えていた。

「沢山の人に助けられて、沢山のことを知って、そのおかげで僕は今、ここに立っています」

すぐ側にいる幼い女神が嬉しそうに相好を崩す。

彼を囲む仲間達が、いつまでも変わらない少年を見守るように、目を細める。

「助けられた分だけ、僕も沢山の人を助けようってそう思って、ここまでやって来ました」

白い。

とても白い。

これが『異端の英雄』。

嗚呼……そういうことか、フレイヤ。

貴方はこの白く、そして透明な輝きにやられたのだろう。

きっと、貴方はこの輝きにすこぶる弱いと、私は一人わかった風に笑ってしまった。

「ベル殿……貴方の話をもっと聞かせてほしい」

私が望んだのは、それ一つだけ。

「私は、英雄《あなた》が歩んだ物語《みち》を知りたい」

ここは多くの者達の、多くの物語が交わる場所。

砂漠の王が、冬の姫が、野望を秘める勇者が、戦い続けてきた剣《つるぎ》が、そして多くの者を救ってきた英雄が、一堂に会した砂の海。

そんな奇跡を噛みしめながら、私は——。

「——アリィ様！」

その呼びかけを耳にし、『夢想』の終わりを悟った。

「……ボフマン」

「ええ、そうでございます。お疲れのようですが、大丈夫ですか？」

目を覚ます前に聞いたものと同じ言葉。けれど違う場所に、異なる時間。

シャルザードの王宮で目を覚ました私は、ゆっくりと辺りを見回した。

爺《ジャファール》やがいる。臣下達がいる。

まだ『小娘』に過ぎない私を、見守っている。

「ワルサの兵は退けたとはいえ、ここからが本番です。シャルザードの復興は御身の腕にかかっています。……フレイヤ様も、アリィ様のことを見守っておられるかと」

まるで配下のように膝をつくボフマンが、今が女神とその眷族が去ったばかりであることを教えてくれる。

敵国から取り戻した玉座に腰かけていた私は……ゆっくりと笑みを浮かべた。

「……夢を見ていたよ」

思い出す側から白く染まり、どんな人物がいたのか、どんなことを話したのかも見失ってしまう『夢想』に、喜びと愛しさを覚えながら。

「シャルザードが繁栄し、私は立派な王となって、多くの国の客人を招いていた……」

「きっと正夢でございましょう！　アリィ様とシャルザードを祝福する吉兆に違いありません！」

爺《ジャファール》やが気を良くしたように、大きく口を開けて笑い出す。

正夢になるかは、わからない。

私が同じ未来を辿ったとしても、あの夢で出会った者達の中で、会えない人物がいるかもしれない。

私があの夢想の中で彼等から聞いた物語は、変わってしまうかもしれない。

けれど。

それでも。

砂の海が見せてくれた『蜃気楼』を抱きしめながら、私は想いを新たにした。

あの英雄達《だれか》と再び出会えるように、己を賭して、気高く――私もまた、英雄のように。

「さぁ、始めよう」

私達が歩み、紡いでいく物語を。

書き下ろしSS

ガールズ×クロス　～半年間の四道～

イラスト：ニリツ

ガールズ×クロス　～半年間の四道～

「レフィーヤ、見て見て～！　今週の冒険者順位《ランキング》出たよ～！」

羊皮紙の束を両手に持った同室者《ルームメイト》のエルフィが、ぱたぱたと駆け寄ってくる。

前日までに激しい鍛錬を行ったレフィーヤは、リヴェリアの指示もあって今日一日、自室で休息《レスト》を取っているところだった。自分で淹れた茶壺《ティーポット》も完備しながら。

と言っても都市最高位の治療師《アミッド》にこっそり頼んで借りた治療魔法関連の書物を読み耽っている辺り、完全な休息《レスト》とは言えないが、体はしっかり休めているのだから問題ないし、何もしていないとそれこそ心身に悪い、とレフィーヤ本人は理論武装している。

とある『憎き兎』も最近Ｌｖ．５になってイラァとしているし、とうとう追い抜かれて本当にふざけるな案件だし、負けてなるものか見てろ怨敵必殺アルクス・レイ、なんて高い目的意識《モチベーション》になるのは致し方なかった。

『破壊者《エニュオ》の騒乱』から数ヶ月。

一時期のように生き急いでこそいないが、レフィーヤは以前より勤勉に、そして弛むことなく努力を重ね続けていた。

「もう結構前だけど、『派閥大戦』の影響で色んな順位《ランキング》に変動あったみたいでさ～！　ちょっと目を離した隙に面白いことになってるみたい！」

そして、そんなレフィーヤの目的意識《モチベーション》など露知らず、所謂『流行もの』だったり『噂話《ゴシップ》』が大好きなエルフィは、広げている書物の上に、だばー！　と羊皮紙の雪崩を起こした。

山吹色の短い髪を揺らし、レフィーヤは溜息をつく。

「エルフィ……私を巻き込まないでください。私が読書しているのが見えませんか？」

「いいじゃ～ん、最近ご無沙汰だったんだし～。闇堕ちしてるレフィーヤのために色々頑張ってたんだから、全然確認《チェック》してなかったんだよ私～」

「うっ……」

「だから一緒に見るのだ～！　私に付き合え～！」

恨みがましく、そして能天気に同室者《ルームメイト》と戯れようとする友の要求に、反論もできなかったレフィーヤはもう一度溜息を挟み、順位確認《ランキングチェック》とやらに付き合うことにした。

「今回も『最強女性冒険者順位《ランキング》』の一位はアイズさん！　――と見せかけてリヴェリアさんでしたー!!　やっぱりLv.7になったっていう公式情報が大きかったみたい！」

「まぁ当然ですね。Lv.7という数字はそれだけで重い。ただ冒険者の観点から言わせてもらうとリヴェリア様はあくまで後衛魔導士であって、前衛特化のアイズさんと比べるのは不合理《ナンセンス》と言えます。あまり想像したくありませんが二人が本気で戦うとどうなるか考えた場合、やはり戦況や戦場の地形によって勝敗は左右されると言って過言ではないでしょう。だからアイズさんは決して劣っているというわけではないですし、その逆も然りで魔導士でありながら最強の名を冠するリヴェリア様は我等が王族《ハイエルフ》の威光を兼ね備えた存在と言えますね」

「初っ端からめっちゃ語るじゃん……」

目を瞑った澄まし顔で怒涛の長文詠唱を投下してくるレフィーヤに、エルフィは普通に引いた。「リヴェリアさんの一位を喜んでる半面アイズさんの最強性も説きたくてしょうがない二人推《ダブル》しの苦悩を冷静に処理しているようでしっかり持てあましてる厄介応援者《オタク》みたいになってるよ……」と告げられたレフィーヤは、目を瞑ったまま頬を赤らめ、コホンとわざとらしく咳払いをした。

神々言語に毒されている同室者《ルームメイト》の指摘《コメント》はちょっと何《なに》言ってるかわからないなー。

「まぁ、確かに男女も種族も関係ない『魔導士順位《ランキング》』でもリヴェリアさんが頂点《トップ》だったけど。ただ【白妖の魔杖《ヒルドスレイヴ》】の猛追もすごかったみたい！　Ｌｖ．７の昇華《ランクアップ》がなかったらリヴェリアさんも危なかったんじゃないかな～」

「『派閥大戦』はそれだけ衝撃的でしたからね。何より、魔導士の目から見ても、戦局を一人で何度も変えていた【白妖の魔杖《ヒルドスレイヴ》】は凄まじかったですし……」

「ちなみに、『最強女性冒険者』の方も二位争いは実は僅差でした！　というかアイズさんと同率二位が一人、二票差三位も一人！　二位が『豊穣の女主人』のミアさんで、三位の方が謎の美女エルフ・リューさん！　……覆面の冒険者、一体何リオンなんだ……」

「何《なに》言ってるんですか、エルフィ？　……本音を言うと、ティオナさんとティオネさん合わせて、今まで通り四位までは私達の派閥《ロキ・ファミリア》で独占してほしかったですが……致し方なしですね。先程も言いましたけど、『派閥大戦』はしばらく色々な順位《ランキング》に影響を残すと思います」

「そうだね～。逆に言うと二位を保ってるアイズさんがすごいのかもね。【剣姫】っていう

「知名度は強い！」

「五年前にオラリオに来たティオナさん達と比べて、アイズさんは『暗黒期』の頃からもう活躍してて、有名になってたっていう話ですし、その差もありそうですけど……」

何だかんだ話し出せば盛り上がり、好きな事柄ならば舌の滑りも良くなる様子は、いくら一皮《ひとかわ》剝けて大人びたとはいえレフィーヤも年相応の少女と言えた。

それにエルフィは嬉しそうにしながら、別の順位表《ランキング》を引っ張ってくる。

「では、ここで待望の『女性魔導士順位《ランキング》』を発表したいと思います！　我等がレフィーヤちゃんはなんと～……ダダダダダッ、じゃじゃじゃんっ！　大躍進の四位でした～‼」

「ふーん」

「って反応うすーい！　自分のことなのに一番うすーいッ‼　アイズさん達の時はあんな早口で語ってたくせに！」

「人の評価を気にしている暇がなくなりましたから」

「もう可愛くないよレフィーヤ～！　前はこういうの聞いたら『わ、私なんかまだまだですよ……えへへっ』とか頰を赤らめながら可愛く照れてたのに～‼」

「地味に似てるようで似てない私のモノマネやめてください」

じろりと半眼で睨みつつレフィーヤは少々突き放すように告げる。

そんな同室者《ルームメイト》の姿に、よよ～、とエルフィはわざとらしく泣き崩れた。

「嗚呼、もう私の可愛いレフィーヤはすっかり変わっちゃったんだね……寂しいなぁ、切ないなぁ」

「私はエルフィのものじゃありません。それに、神ならぬ私達は変わるものでしょう？　人だってエルフだって」

「も〜っ、お高くとまっちゃって〜！　いいもん、他の順位《ランキング》見るから！　……う〜〜ん、それにしてもリヴェリアさんやティオナさん達もそうだけど、アイズさんってどんな順位《ランキング》もほぼ上位十位《トップテン》に入選《ランクイン》してるよね。本当に今更だけど」

「それも当然です。アイズさん達ですから」

「やはり我等が【ファミリア】幹部はどんな分野もつよつよ女子なのであった…………って、アァァァーーーーーーーーー!?　アイズさんが【白兎の脚《ラビット・フット》】に負けてるー!?」

「——ごほっ、ぐふぅ!?　は、はぁああああああああああああああああああああ!?」

紅茶を口に含み取り澄ましていた妖精が、盛大に咳き込み、今日一番の絶叫を打ち上げる。

「ほら、コレ見て！　『都市最速順位《ランキング》』！　いつもは【女神の戦車《ヴァナ・フレイア》】とベートさん、アイズさんの上位三位《トップスリー》で鉄板なのに、今回【白兎の脚《ラビット・フット》】が二位に食い込んでるー!!　唐突に何の脈絡もなくザマァされてるベートさんカワイソー!?」

「はぁあああ!?　ハァァァァァァァァァァァァァァア!?　あのスケコマシヒューマンがアイズさんより速いなんて何《なに》考えてるんですかぁ!?　あっちのＬｖは５!!　アイズさんはＬｖ．６なんですよ!?　『魔法』も使えばアイズさんの圧勝に決まってます!!　あんな男が二位なんて身のほど知らずっ、いえ過大評価が過ぎますッッッ!!」

（自分のレベルが追い抜かされるのはギリ許容だけどアイズさんはダメなのかー）

「大方『派閥大戦』の最終闘走《アレ》を受けての結果なんでしょうけど、あんなの『魔法』の重ねがけで何とかなっただけじゃないですか!!　愚か!!　あまりにもO・RO・KA!!　怒りのあまり私の言葉遣いがおかしくなってしまうくらい愚昧と言わざるをえませんッ!!　これだから思想洗脳《プロパガンダ》に踊らされる大衆はっっっ!!」

（最後の最終闘走《アレ》、レフィーヤもすごい声で応援してた気がするけどなぁ……）

　ひったくるように羊皮紙を奪ったレフィーヤは、今にも瞳が血走りそうな勢いで順位《ランキング》に視線を走らせる。エルフィがうーんと両腕を組んで瞑想に移っていると、順位《ランキング》を読み込んでいたレフィーヤの身に更なる衝撃が叩き込まれた。

「さっ、『最速順位《ランキング》』だけじゃなく『最美男《イケ》ヒューマン順位《ランキング》』までアイズさんが十四位、ベル・クラネルが十三位ッ……!?　アイズさんが二つも後塵を拝した……!?　おっ、おかしいッッ!!　こんなの絶対おかしいですぅぅぅぅぅぅぁああああああああああああああああああッ!!」

「いやレフィーヤー、ソレおかしいのアイズさんだからー。ずっと前にロキが男装させただけで男の人の順位《ランキング》に未だに載っちゃってるアイズさんの方がおかしいですからー」

「ありえませんっ、認めません!!　この順位《ランキング》は不当ですッ！　政治と金の臭いがします!!　こんなものを集計する輩を問い詰めて抗議して然るべき厳正な調査《アンケート》を行わせて世界を在《あ》るべき姿に戻さないとッッ!!」

「あっ、レフィーヤ!?」

ドダダダダーー!!　と音を立てて部屋から飛び出していくレフィーヤを止める暇もなく、中途半端に右腕を伸ばした格好のエルフィは、しばらく唖然としていた。

ややあって、腕を下ろし、甘い菓子《プリン》を口にしたように頬を緩ませる。

「レフィーヤ、沢山変わったけど……変わってないところもちゃんとあって、安心するなぁ〜」


レフィーヤは激怒した。

必ず邪知暴虐かつ無知蒙昧かつ厚顔無恥な兎を除かなければならぬと決意した。

レフィーヤには順位《ランキング》はわからぬ。レフィーヤは、善良な妖精《エルフ》である。

歌を唄い、モンスターをバチクソに殲滅して暮らしていた。

けれども兎の所業に対しては、人一倍に敏感であった。

「あのヒューマンがアイズさんを追い抜くなんてありえない！　こんな順位《ランキング》、撤回させないと！　ついでにあのヒューマンも見かけたら見敵必殺アルクス・レイ！」

本拠《ホーム》『黄昏の館』を飛び出して都市のメインストリートを全速前進していたレフィーヤは、まずはこの冒険者順位表《ヒット・チャート》を作成している者達を探し出すことにした。

『冒険者順位《ランキング》』は不特定多数の【ファミリア】、というより神々が面白がって作っており、どんな調査《アンケート》を取るかは有志の者に委ねられる、と聞いたことがある。

まずは面白半分で歪んだ兎《うさぎ》人気を先導する愉快犯を取り押さえるべき。レフィーヤはそう考えたのである。

（この広いオラリオで早々発見できるとは思いませんが――）

「『白髪《はくはつ》ヒューマン十四歳冒険者最強&最高&最可愛順位《カワランキング》』の調査《アンケート》に協力してくれる方、いらっしゃいませんかー？」

「――いたぁああああああああああああああああ!!」

早々どころか速攻で発見した愉快犯の存在に、レフィーヤは急制動《ブレーキ》をかけて石畳を削った。

「そこの貴方っ！　なんて調査《アンケート》を取っているんですか!!」

「えっ？　私の推しのベルさんを一位にすることしか考えていない私利私欲丸出しの順位《ランキング》ですけど……？」

「最初から何も隠さず首を傾げないでください!!　無敵ですか！　って、貴方は……」

こちらの追及を逆に不思議そうな顔で尋ね返す調査《アンケート》収集者に、思わず突っ込んでしまったレフィーヤは、そこで動きを止めた。

忌々しき愉快犯は可憐な少女であり、薄鈍色《うすにびいろ》の髪を結わえていた。

纏っている若葉色の制服は、レフィーヤもよく知る『酒場』のもの。

「確か、『豊穣の女主人』の……シル・フローヴァさん？」

「奇遇ですね、冒険者様。酒場の外で会うなんて」

片腕に羊皮紙の束を抱えるシルは、にこっと笑う。

まさにこれぞ良質街娘と言わんばかりの笑顔《スマイル》に、うっと何故か怯みかけてしまったレフィーヤだが、すぐに己の正義を取り戻した。

「フローヴァさん！　貴方は何をやっているんですか⁉」

「シルでいいですよ。代わりに私もレフィーヤさん、って呼ばせてください。それで、何とは？」

「ではシルさん！　貴方の行っていることは一部特定の破廉恥《ハレンチ》発情スケコマシ向こう見ずヒューマンのあらぬ名声を民衆に勘違いさせては煽り立てるものであり、それに伴ってアイズさんを始め多くの冒険者を貶める行為です！　至急そんな調査《アンケート》は中止してください！」

「わぁ、すごい激情《パッション》！　私がよく知ってる侍従頭さんとよく似ています！」

晴れ渡る青空の下、大通りの中心でズビシッ！　と人差し指を向けてくるレフィーヤに、シルは口もとに片手を添えた──どこか芝居くさくて形ばかりの──驚きをあらわにする。

その反応に唇の端を痙攣させつつ、レフィーヤはすぐにちょっぴり反省した。

これまで面識はありつつも、大して交流していない相手を指弾してしまった己の非常識を妖精《エルフ》として恥じ、一度息をついて、詳しい事情を聞くことにする。

「そもそも、どうしてこんなことをしているんですか？」

「うう～。それが『派閥大戦』に負けてしまった代償に、こんなバイトもする羽目になってしまって～。意地悪な女神様達に押し付けられて、都市中を歩き回りながら調査《アンケート》を取っているんです～。よよ～」

裾で目もとを隠しながら嘘泣きをするシルに、レフィーヤは眉を微妙な角度に曲げた。

なぜ一介の店員《シル》が『派閥大戦』の代償を支払っているのか、すぐに前後関係が結びつかなかったのだ。レフィーヤは『女神祭』からしばらくの間、エルフィ達とともに迷宮《ダンジョン》へ『遠征』していたので、捻じ曲げられ『箱庭』と化した都市《オラリオ》のことは伝聞でしか耳にしていない。ダンジョンから帰ってきたら少年の派閥《ヘスティア・ファミリア》と美神の派閥《フレイヤ・ファミリア》が戦争遊戯《ウォーゲーム》することになっており、「は？」と瞬きを繰り返してしまった口だ。よって、神々や一部の者を除けば知りもしなければ覚えていない『とある街娘』と『美の神』の関係も把握しきれていない。

彼女は【フレイヤ・ファミリア】の非戦闘員、あるいは信者だった？　とそこまで仮定して、後はもう言及しないことにした。

今のレフィーヤにとって、重要なのはそこではない。

「背景はよくわかりませんが、事情は理解しました。ではあらためて、シルさん。こんな印象操作の温床、もとい不当な調査《アンケート》はやめてください！」

「わかりました！　この調査《アンケート》はちょっとあからさまなのでやめます！　それじゃあレフィーヤさん、この『全ての順位《ランキング》を過去にする究極最速冒険者順位《スーパーレコードホルダーランキング》』に協力してくれませんか？」

「私の話を聞いていましたか……⁉」

悪びれもせず一層ヤバイ順位爆弾《ランキング》を差し出してくる良質街娘に、レフィーヤは今度こそプルプルと拳を震わせた。

酒場で見かける時もどこか『したたか』というか、人も神も翻弄するような『小悪魔的な一面』を感じ取っていたが、こんな人物だったとは！

「だって私のバイトですから。ちゃんとやらないと、神様達に怒られちゃいます！」

「本当に神様達がこんな調査《アンケート》を取るようにおっしゃったんですか⁉」

「ええ、半分は。もう半分は私の趣味です！」

「～～～～～～～～～～～～～～～～～～～～っ‼」

覚醒妖精《レフィーヤ》になって以来初《はじ》めて張手《ビンタ》かましたい衝動に駆られる！

必死に右腕を左手で押さえ込むレフィーヤは、噴火する勢いで叫んでいた。

「どうしてっ、そんなにベル・クラネルにこだわるんですか⁉」

「あの人が好きだから」

直後。

それまでの姿から一転、透明の微笑とともに落とされた端的な解答に、レフィーヤは呼吸を止めてしまった。

「これがあの人のためになるなんて思ってないけど、都市のみんなが彼をどう思っているのか、知りたい。知って、私の知らないあの人を探してみたい。そうすれば……この『恋《おもい》』を慰めることができると思ったから」

もしかしたら余計狂《くる》おしくなるかもしれませんが——それも『罰』ですよね。

まるで女神のように微笑んだまま、ただの娘《むすめ》はそう言った。

もしくは修道院で罪を購う修道女のごとく、あるいは大切なものを引き出しにしまう幼子みたく、両手で羊皮紙ごと胸を抱いた。

呆然と立ちつくしていたレフィーヤは思わず、細長い耳の先端を朱色で彩った。

聞いているレフィーヤの方が、じわじわと頬が熱くなってくる。

その胸焼けするような感覚をブンブンッと顔を左右に振ることで追い払っていると、今度はシルの方が尋ねてきた。

「レフィーヤさんは、ベルさんのことをどう思っていますか？」

「なっ……!?　わ、私はっ、あのヒューマンのことなんて！」

「でもベルさんの評価が我慢できなくて、きっと今、私とこうして話してるんですよね？　レフィーヤさんをそんなにさせちゃうベルさんへの思い、私は知ってみたいです」

透明の時間を終え、先程までのようににっこりと笑いかけてくる街娘に、うぐっという声をレフィーヤは喉の奥にとどめた。

腹立たしいことこの上ないが、シルの言うことはあたらずとも遠からずだ。アイズの順位《ランキング》がベルに負けていることが許せなくて、つい衝動のまま行動してしまった。あくまで憧れに泥を塗ろうとする兎が許せないがためだ。レフィーヤはしつこく心の中でそう主張する。

（私が、あの破廉恥《ハレンチ》発情スケコマシ向こう見ずヒューマンに思っていること……）

最初はアイズ達の水浴びを覗いたことや最低最悪の記憶にも等しい精力剤を頭からブッかけられた絶狩《ぜっか》案件も含めて羊皮紙見開き分にも及ぶ特大の罵詈雑言――シルの言っていた侍従頭にも負けない大量の呪言《ギガント・スペル・ワールド》――を投下しようとしたが、両の目を瞑って、思いとどまった。

試されているような気がしたのだ。

それこそ、神みたいな存在に。

だからレフィーヤは、僅かの間《あいだ》思考の森をさまよい、ゆっくりと瞼を開けた。

こちらを見つめている薄鈍色の瞳を見返して、告げる。

「あのヒューマンは、私の好敵手《ライバル》です」

薄鈍色の瞳が小さく、けれど確かに、見開かれた。

「だから、私は負けない。アイズさん達もベル・クラネルになんか、負けません」

そう断言してみせる。

紺碧色の瞳を意志の光で固め、短かくなった髪を風に揺らされながら。

娘《むすめ》の一驚は、雑踏の中に紛れてすぐに消えた。

代わりにその唇に浮かぶのは、やはり微笑みだった。

「綺麗ですね……貴方の魂も」

「えっ？」

「とても眩しい。太陽とも違う……けれど輝くような山吹色」

独白のようにこぼすシルは、レフィーヤのことも称えるように、目を細めた。

「ヘディンさんがもし、貴方を連れてきていたら……どうなっていたんだろうな。『もし』なんて考えても意味ないのに、すごく気になっちゃう」

彼女の言っていることは要領を得ず、大半の意味がわからなかった。

何を言っているのか、と聞き返そうとしたレフィーヤは、しかしそこではたと気付く。

大通り中から、随分と注目を集めてしまっている。

往来の真ん中に突っ立ってやり取りを繰り広げるレフィーヤ達に、周囲を行き交う市民や商人、果ては神までもが、面白おかしそうに好奇の視線を投げかけていた。

そんなレフィーヤの小恥ずかしい思いを察したのか、くすり、とシルは微笑んだ。

「それじゃあ、レフィーヤさん。私が変な調査《アンケート》を取らないよう見張っていてくれませんか？」

「え……？」

「レフィーヤさんの思いもよくわかりましたから！」

そんな風に街娘は提案し、破顔する。

「一緒に都市を回って、沢山の思いを聞きに行きましょう？」

レフィーヤの休日は、少し変わった一日になりそうだ。


「【剣姫】？」

それはアイズが袋を抱え、ジャガ丸くん巡りをしている時だった。

南西のメインストリートを歩いていると、すれ違った一人の女性から、声をかけられたのだ。

「貴方は……『豊穣の女主人』の……」

お互いに背を向け合い、顔を振り向かせた格好で、視線を絡ませる。

若葉色の制服に、アイズより大きい買い出し用の袋。

髪の色は記憶にもある薄緑色――ではなく、アイズのものとも似ている、金の色。

『派閥大戦』に乱入し、大いに都市を賑わせたエルフのリューだ。

「……こんにちは」

「……ええ、こんにちは」

何の話題もないにもかかわらず、出会い頭、視界に入ってつい声をかけてしまったような雰囲気を醸し出すリューは、どこか歯切れ悪く挨拶を交わした。

アイズと彼女は面識があっても交流はほぼない。

というか、口下手で人付き合いの苦手なアイズの目から見ても、酒場では避けられていたような気がした。たとえるなら、以前出会ったことを思い出してほしくなくて赤の他人を装っているような、そんな温度感だった。

「……買い出しの、途中ですか？」

「ええ……酒場の手伝いをしている最中です。貴方は？」

「味付けが、変わったらしくて……ジャガ丸くん巡りを、してました」

「……そうですか」

立ち止まってしまったからには、何か言葉を交わさないと気まずい。

アイズはあまり期待できない語彙力と標準以下の会話力を何とか駆使し、頑張って世間話を試みた。相手も試みてくれたが、同じ金の髪の彼女達は社交的な後輩《レフィーヤ》と知己《シル》より遥かに寡黙であり、話題の種類《レパートリー》がなく、すぐに途切れることとなった。

普通に気まずい沈黙。だが心の中では、幼い自分《アイズ》が『ふーっ』と一仕事を終えたとばかりに額を腕で拭っており、アイズも心なし達成感に満ちていた。

「それじゃあ……」

「ええ、それでは……」

短いお別れの挨拶を交わし、お互い反対の進路につま先を向ける。

二人の奇妙な交流はそれで終わる筈だったが、

「──【剣姫】！」

立ち止まったリューが、まるで迷いを断ち切るように再び立ち止まり、呼び止めてきた。

足を止めたアイズももう一度振り返り、小首を傾げていると、

「少し、時間を頂けないでしょうか？」

そんなことを申し込まれた。


「貴方には謝らなければならないことがある」

通りに面したカフェテラスに案内されたアイズは、席につくなり、そう切り出された。

何のことかわからず内心戸惑っていると、空色の瞳はこちらを真っ直ぐ見つめてきた。

「数ヵ月も前、『武装したモンスター』を巡る迷宮街《ダイダロス》通りでの攻防戦……事情があったとはいえ、闇討ち紛いのことをして、お詫びいたします」

「…………えっ？」

深々とした謝罪の後、奇妙な沈黙が流れた。

怪訝な顔を浮かべるリューに対し、アイズは目を丸くする。

「あの時のエルフが、貴方だったんですか……？」

「……気付いていなかったのですか？」

「はい……覆面、してたから……」

「……貴方ほどの実力者なら、『派閥大戦』で戦った私を見て、同一人物だと察しているものと思っていたのですが……」

あー。

心の中で口を開け、間の抜けた声を出しながら、アイズは遠い目をした。

確かに『派閥大戦』に乱入した彼女の戦い方と、『ダイダロス通り』で交戦した『覆面の冒険者』の戦闘型《バトルスタイル》は似ている。というか、そっくりだ。斬撃の冴え、予備動作、技と駆け引きなど、Ｌｖの大きな違いはあれ、今《いま》思い出してみても『同一人物』であると見抜くのは容易い。

何故むしろ気付かなかったのか問われる案件《レヴェル》だ。

だけどちょっと待ってほしい、とアイズは心の中の裁判官《チビアイズ》に必死に弁明する。

『派閥大戦』は戦況の確認や少年《ベル》のことが気になって気になってしょうがなくて、いきなり現れたリューと『覆面の冒険者』を等号で結ぶ暇がなかった。というか余裕がなかったのだ。だから決して私《アイズ》はお間抜けだったというわけでは……！　と食い下がると、裁判官《チビアイズ》が下したのは『天然《ギルティ》』という非情な判決だった。

（えっ、と……つまり……）

　整理する。

　まず酒場のエルフのリューさんは、『派閥大戦』にも参戦した元【アストレア・ファミリア】の【疾風】らしくて、そんな彼女は迷宮街《ダイダロス》攻防戦の時に戦った『覆面のエルフ』で……。

　表面上は反応に乏しく、リューもどう対応するか困るほどだったが、実際の心中では結構な衝撃を受けていたアイズは――ふと思い立ち、尋ねていた。

「貴方と、私は……昔、戦ったことがありますか？」

　遥か以前に存在した彼女との『接点』について、問うていた。

「『ダイダロス通り』の戦いより、もっと前…………『暗黒期』の時に」

「……ええ、あります。貴方と一騎打ちしたことも、貴方と肩を並べて強大な敵と立ち向かったことも」

　一騎打ちという前者について、どうして彼女と戦ったのか、当時幼かった自分の記憶をアイズは詳しく思い出せない。ただ強くなることだけに躍起になっていて、覆面や外套、木刀などの記号しか覚えていなかった。

　だが、後者に関しては覚えている。それこそ彼女の他にも、今はいない【アストレア・ファミリア】とともに七年前の大戦を乗り越えた。

　フィン達のような眷族《ファミリア》ではなく、ベル達のような知り合いでもない、けれど確かにリューはアイズにとって同じ戦場を駆け抜けた『仲間』だったのだ。

それに一時的という注釈がついたとしても。

「七年前の貴方は、今よりずっと幼く、リヴェリア様の手を焼かせていて……この言い方は少々失礼かもしれませんが、『生意気』だった。それだけにこの七年間、次第に背が伸び、美しくなっていく貴方が酒場を訪れる度、驚いていたものです。あんなにも小さかった貴方が……」

リューはそこで初めて、小さな笑みを浮かべた。

アイズに親族はいないが、自分の成長を見て微笑ましそうにする『親戚のお姉さん』というのは、ひょっとしたらこんな存在なのかもしれない。

だから自分でもよくわからないくらいには、アイズは小恥ずかしくなった。小さい頃の自分はリヴェリアの手を焼かすほど利かん坊であったという自覚はあったから。

リューがアイズに名乗り出なかったのは、特に必要がなかったからで、何より要注意人物一覧《ブラックリスト》に載って指名手配されていたことに理由があるのだろう。今この時期に打ち明けたのは、何てことはない、ただの『巡り合わせ』。

打ち明けられるようになったから打ち明けた、それだけだ。

アイズは七年越しの『接点』、そして交流に不思議な感覚を覚えながら、詮索をしようとはしなかった。

「……『ダイダロス通り』のあれは、大丈夫です。気にして、いませんから……」

「それはそれで貴方に敗れた私は複雑な気分になってしまいますが……貴方がそう言ってくれるのなら、私もこれ以上の謝罪は控えます。代わりに、一つ尋ねさせてもらってもいいでしょうか？」

アイズが見返すと、リューは質問を投じた。

「『ダイダロス通り』で敗北したあの夜……差を開けられたと感じました。私が冒険者を退いてから五年間、貴方は何をしていましたか？」

それは純粋な疑問だった。

かつて【疾風】と競うように躍進を続けていた【剣姫】に対する、純粋な問い。

アイズは一度リューの真意を測ろうとして、けれど何の裏も表もないことをその空色の双眸から悟り、思ったことを言葉に変えていた。

「モンスターを、倒しました……いっぱい、たくさん……ダンジョンの中で、ずっと」

単純明快な返答。だがアイズはこれ以外に語る答えを持っていない。

五年前の『暗黒期』の収束とともに、一説には死亡したと噂さえされていた疾風《リュー》が冒険者業から遠ざかった後も、アイズはダンジョンにもぐり続けた。あの怪物の坩堝で殺戮を重ね続けた。

様々な階層で、多くのモンスターを、数えきれない斬撃をもって、数多の傷と引き換えにしながら、斬って断って裂いて貫いて殺して殺して殺した。

『戦姫《せんき》』の名はもとより、殺戮者《モンスター・スレイヤー》なんて呼ばれるようにもなった。

ひたすらに磨き付け、研ぎ澄ませ続けたのだ。剣技も、自分自身も。

それを積み重ねた五年間だった。

冷たくも聞こえる淡々とした返事に、リューが口を噤んでいると……アイズはそこでふと、思い出したように付け加えた。

「でも、それに負けないくらい、【ファミリア】のみんなに迷惑をかけて……いっぱい、いっぱい、助けてもらいました。……この半年は、特に」

51階層まで赴いた前々回の『遠征』を振り返る。

リヴェリアにも、ティオナやティオネにも、フィン達にも、そしてレフィーヤにも数えきれないほど守られ、助けられて、アイズは今の高みに立っている。それは確信をもって言える。

その答えにリューは、「そうですか……」と微笑んだ。

「……あなたは？」

「？」

「今のあなたも、私の知ってる【疾風】より……ずっと強くなってた……なっていました。それは、どうしてですか？」

気付けば、アイズも同じ問いを返していた。

胸の奥からこぼれるまま言葉を口にし、一度言い直してから、金色の瞳で見つめ直す。

アイズのものと負けないくらい眩しい金の髪を揺らすエルフは、唇を綻ばせた。

「旅を終えました」

「旅……？」

「はい。もう自分には『正義』はないと決めつけ、それでも完全には断ち切れず、『正義』の真似事を繰り返し……近頃になって、ようやく答えを得ました」

その答えの意味を、アイズが完全に理解することはかなわなかった。

けれど今、目の前に浮かんでいる微笑みは、いつかの記憶のものよりずっと綺麗で、透明であり、迷い続けていた暗い迷宮からリューが脱したことだけは、はっきりとわかった。

少女と苦楽をともにした者達ならばわかる程度には、アイズの唇の端は小さく上がっていた。

互いの旅路を交換し、微笑を交わす。

絡み合うように、二人の間に風が流れる。

「…………………………【剣姫】」

「……？　なんですか？」

それから。

長い沈黙を経て、何事かを思い悩んでいたリューが、重々しく口を開いた。

それまで背筋を伸ばし、凛としていたエルフが、卓《テーブル》に視線を落とす姿に、アイズは素直に違和感を覚えた。言っては何だが、らしくないと思ってしまった。

つい不思議そうな顔を浮かべながら、何かを言おうとしている彼女を辛抱強く待ち続けていると——。

「…………貴方は、ベルのことを、どう思っていますか？」

アイズは、目を丸くした。

(聞いてしまったっっ……!!)

リューは真っ赤になって崩れ落ちそうになった。

(ベルの懸想の相手を……!　かつて私より遥かに小さく、子供だった彼女に、このような探りを……!)

瞼をぎゅうぎゅうと瞑っている彼女を卓《テーブル》の下から見たなら、それはもう見事な赤面が視界に映っただろう。それほどまでにリューは己の言動を恥じていた。

まぁ色々あって自分の想い人である少年の憧憬対象を知ったリューは、浅ましいと思いながら、聞かずにはいられなかったのだ。決して事前の会話はこの質問をするための前座とか布石とかそーいうことではなく本当に尋ねたかったことなのだ、と誰に聞かせるわけでもなく心中で盛大に弁明しつつ、何とか細く尖った耳から放熱を終えて顔を上げる。

アイズはまだ、目を丸くしたままだった。

そしてリューが真剣に尋ねていることを察したのか、とても真剣に考え始めた。

リューはそれだけでもう再び羞恥心がぶり返しそうだった。

「ベルのことは……」

やがて、長い金の髪を揺らし、少女の小振りな唇が開く。

「……兎?」

「……なんですって?」

「前に、ヘスティア様にも聞かれましたけど……ベルはやっぱり、白くて可愛い……兎みたい？」

その返答を聞いて、リューは安堵すべきなのか『私の決心を返せ』と憤るべきなのか、とにかく複雑な心境をそのまま顔に浮かべてしまった。

「だけど」

しかし、アイズの言葉には続きがあった。

それは女神に尋ねられた時から時間と交流、そして思いを更に重ねたからこその、『感情の変化』だった。

「前よりも、ベルのことを考えることが……多くなりました」

異端児《ゼノス》を巡り、取り返しがつかないところまで、あわや対立しかけた。

都市の存亡を巡り、黒い炎に堕ちようとしたアイズを白い鐘の音《ね》で引き止めてくれた。

あの『箱庭』の中で、私との出会いは間違いじゃないと、そう言ってくれた。

どうしてあんなことをしたのか、どこまで強くなったのか、何故そんなことを言ったのか。

ふとした拍子に、剣を握る手を止め、青空を見上げ、そう考えることが増えた。

そしてその時間は、決して嫌なものではない。

何故ならば今も、アイズは【剣姫】でも『戦姫』でもなく、少女のように笑えているから。

高嶺に咲き、風に揺れる白い花のような笑みと、その胸の内を見聞きして、空色の瞳が見開かれる。

「あなたは、ベルのことをどう思ってるんですか？」

「……！　わっ、私は………」

ふと気になったのでアイズも同じことを尋ねてみると、リューは言葉に窮してしまった。

その顔と耳はまた赤い。

だが決して臆していない。

高嶺の花に怖気づいてなどない。

潔癖な妖精は覚悟を決めた。

間もなく意を決して、口を開こうとした瞬間。

「あれ？　リューと……【剣姫】様？」

「二人とも、何をしているんですか？」

薄鈍色の髪の娘と、山吹色の髪のエルフがカフェテラスに通りかかった。

互いの知人の姿に、アイズもリューも驚く。

「私達は、たまたま会ったので……ただの世間話を。お二人こそ何をしているのですか？　珍しい組み合わせですが」

「私達もたまたま会ったの。今はベルさんのことが気になってしょうがなくて、街頭調査《アンケート》中だよ！」

「ちょっと、誤解を受ける言い方をしないでください！　決して私はあのヒューマンのことなんて気になってるわけじゃありません！」

「あ……私達も、ベルのことをどう思ってるか、話してたよ」

「えええぇぇーーーーーーーーーーーーーーー⁉」

リューの問いにシルが笑顔で答え、レフィーヤが待ったをかけたかと思えば、アイズの爆弾発言に再びレフィーヤが声を上げる。

カフェテラスの一角がたちまちやかましくなる。

「まぁ！　お二人とも私達と同じだったんですね！　じゃあせっかくだし、ガールズトークしちゃいましょう！　お題は『誰が最もベルさんのことを想っているか』！　私の愛が一番重い自信がありますよ！」

「シル、破れかぶれな自虐はやめた方がいい……」

「みんな、ベルのことが気になってるの……？」

「違いますありえませんアイズさん‼　なんで私があんなヒューマンのことを……！」

二人がけのテーブルが四人がけの席に変わる。

頭上から降りそそぐ陽光の色は山吹色。

流れるのは冷たくも穏やかな双つの風。

それらを繋ぎ止めるように、薄鈍色の髪が輝きながら揺れる。

道が交差する十字路で、少女達のかまびすしい声が、どこまでも響いていくのだった。

あとがき

こちらの掌編集はソード・オラトリア一巻から十二巻、及びファミリア・クロニクル一巻から二巻、そして2022年までに他媒体で発表したショートストーリー集になります。オラトリア十巻の『だから少女もまた、走り出す』、最後の『半年間の四道』のみ未発表及び書き下ろし短編となります。


掌編集二巻となります。こちらはロキ・ファミリアや豊穣の女主人がメインです。

今更ですが、登場人物が多いなと心から思います。だからこそ単一シリーズの中で外伝作品が複数生まれているわけですが、とにかく多い。具体的には短編でどのキャラクターのお話を書くのか迷ってしまうくらい多い！

ネタがいっぱいあっていいのでは、と思われるかもしれませんが、そこにも取捨選択が生まれて手の動きを鈍らせます。どのキャラを登場させるのか、どうやって絡ませるのか、選べる選択肢が無限でむしろ悩む時間が多かった、というのが、こちらの外伝シリーズのショートストーリーの方は多かった気がします。

文庫換算二頁《ページ》から三頁《ページ》の掌編に登場人物を四人も出せばもう身動きが取れなくなり、コンパクトにまとまらなくなってしまうので人数制限付きです。誰かと誰かが小舟《ボート》に乗ってどこへ行くのか、あるいは穴をあけて転覆させるのか（ギャグオチに変えるのか）、そんなイメージで短編を書かせてもらっていました。まだきっと増えるだろう登場人物に遠い目をしつつ、今後も色んなキャラクターを小舟《ボート》に乗せていきたいなと、そう思っております。

それでは謝辞に移らせて頂きます。

担当の宇佐美様、今回もありがとうございました。土壇場で色々我儘を言ってしまい申し訳ありませんでした。イラストを担当してくださったニリツ先生、今回のカバーイラストが本当に大好きです。連続刊行でご負担をおかけしますが、次巻もどうかよろしくお願いいたします。関係者の皆様にも深くお礼を申し上げます。本書を読んでくださった読者の皆様も、誠にありがとうございます。

２０２３年5月現在、来月には本編アニメのBlu-ray特典をまとめた短編集『オラリオ・ストーリーズ』が出版されます。毎月のお小遣いに厳しい連続刊行で非常に恐縮ですが、どうかご容赦ください……！　勿論、付き合える範囲で構いませんので、よろしければ手に取ってあげてください。

ここまで目を通してくださって、ありがとうございました。

失礼します。

大森藤ノ

ファンレター、作品の
ご感想をお待ちしています

〈あて先〉

〒106－0032
東京都港区六本木2－4－5
SBクリエイティブ（株）
GA文庫編集部 気付

「大森藤ノ先生」係
「ニリツ先生」係

本書に関するご意見・ご感想は
右のQRコードよりお寄せください。

※アクセスの際や登録時に発生する通信費等はご負担ください。

https://ga.sbcr.jp/

ダンジョンに出会いを求めるのは間違っているだろうか　掌編集 2

発　行	2023年5月31日	初版第一刷発行
	2023年6月1日	第二刷発行
著　者	大森藤ノ	
発行人	小川　淳	

発行所　SBクリエイティブ株式会社
〒106−0032
東京都港区六本木2−4−5
電話　03−5549−1201
03−5549−1167（編集）

装　丁　FILTH

印刷・製本　中央精版印刷株式会社

ISBN978-4-8156-1967-1

Printed in Japan　GA文庫

第16回GA文庫大賞
GA文庫では10代～20代のライトノベル読者に向けた
魅力溢れるエンターテインメント作品を募集します！
物語が、華ひらく。
イラスト／風花風花
大賞賞金300万円+コミカライズ確約！
◆募集内容◆
広義のエンターテインメント小説（ファンタジー、ラブコメ、学園など）で、日本語で書かれた未発表のオリジナル作品を募集します。希望者全員に評価シートを送付します。
※入賞作は当社にて刊行いたします　詳しくは募集要項をご確認下さい
リニューアルで選考課程を一新!!!
応募の詳細はGA文庫公式ホームページにて
https://ga.sbcr.jp/